JN304354

霊柩列車

快楽殺人ゲーム

窪依 凛

Kuboi Rin

文芸社文庫

もくじ

プロローグ

「おい、また死体が見つかったらしい」

十人は座れるであろう大理石のダイニングテーブルに、厚切りのトーストとサラダ、それにフルーツを食べ終えた雄一郎《ゆういちろう》が朝刊を広げながら言った。

「自殺ですか？」

妻の美津子《みつこ》はガラスのボウルに入った一口サイズのメロンをフォークで刺しながら聞き返した。

「いや、他殺だ。鶴見川で発見されたそうだ」

「いやですねえ。鶴見川っていったらこの近くじゃないですか」

雄一郎の祖父の代からこの家に仕える家政婦の正子《まさこ》が眉間に皺を寄せて話に入ってきた。

「坊ちゃんたちに何もなければいいんですがねえ」

〈惨殺死体、またもや発見される！

横浜市鶴見区駒岡付近の鶴見川で、土手をジョギングしていた男性が川を流れている男女の死体を発見した。神奈川県警によると二体とも損傷が激しく、すでに一ヶ月以上前に殺害されたものと見ている。一部発表された検死の結果、女性の腹部は鋭利な刃物で切り裂かれ、内臓が人為的に抜き取られた形跡があり、男性はロープ状の紐で絞殺されたのが死因とされ、二人の身元は未だ判明しておらず、また県警では先月から立て続けに発見されている身元不明の死体十五名との関連性も無視しておけず、連続無差別殺人事件の可能性も検討し、捜査を進めている。〉

「日本も物騒になりましたね。トッちゃん、ユッちゃん、気をつけなさい」

美津子は目の中へ入れても痛くないほど可愛い二人の息子に声をかけた。

「わかってます。僕ももう中学生ですから」

「歳は関係ないんですよ。大人だって殺されて……」

「美津子、朝から縁起でもないことを言うものではありません」

「でもあなた、大事なことです。ユッちゃん、あなたもわかった？」

「……はい」

「お二人ともスクールバスですから大丈夫ですよ、奥様」

正子がとりなすように優しく言った。

「それにしてもユッちゃん、今日も長袖着てどうしたの？　具合でも悪いんじゃないの？」

「風邪気味なんです。ちょっと寒気がするものですから」

「大丈夫なの？　お熱はないの？　正子さんお薬持ってきてくださる？」

「大丈夫ですよ母様。体育の授業だけ休めばいいんですから」

「そう？　そうね。お休みしてお勉強が遅れるようなら大変だものね。体育だけお休みなさい」

「はい。お母様」

「旦那様、お迎えの車が参りました」

正子が上着と黒光りする革の鞄を抱えて雄一郎に声をかけた。

「うむ」

雄一郎は新聞を折りたたみ、ゆっくりと腰を上げた。

「お母さんの心配もわかる。最近は何を考えているのかさっぱりわからん輩が多いからな。お前たちもくれぐれも気をつけるんだぞ。じゃあ行ってくる」

「お夕飯はいかがされますか？」

「久しぶりに正子さんの手料理を食べたいが、今日も遅くなりそうだ」

「あなた、飲みすぎないでくださいね」

「ああ、わかってるよ。そうだ。たまには美津子、お前が夕食を作ったらどうだ？子供たちも母親の味を忘れているんじゃないか？」

「いやですわ、あなた。今日は岩崎《いわさき》さんとフランス旅行の打ち合わせなんですよ。お忘れになったの？」

「ああ、そうだったな。とにかく正月はたっぷりと休めるからな。プランは任せたぞ」

「ええ、わかりました」

夏の日の朝。連続二十五日目の真夏日。いつものように、うだるような暑い一日が始まる。

「さあお坊ちゃま、そろそろお迎えのお時間ですよ」

太陽が地球上のすべてを溶かしてしまうのではないか、そう思えるほどの熱が遥か頭上から降り注いでくる。

まだ午前七時。

これからますます狂ったように気温は上がる。

ますます、狂ったように……。

1　余　興

「嬉しい……」

汚れのない純白のシーツを身体に巻きつけながら、志保《しほ》が言った。

「何が？」

満面の笑みを浮かべる志保に、問う。志保は俺の顔を見、さらに笑みを深めた。

「だって、私、ずっと先輩のこと好きだったんですよ。その先輩とこんな関係になれて……」

志保は嬉し涙を浮かべ言った。

「こんな関係って何？　ＳＥＸしたってこと？」

ベッドから抜け出し、床に落ちたＴシャツを拾う。

「そういうことじゃなくて……。先輩の彼女になれたことが嬉しいんです。こういう関係になれたことで、先輩のこと、もっと知れたし……」

はにかんだ笑みで、俺の背中にある火傷の痕を人差し指でツンツンと突きながら、志保が言った。

――彼女？　何言ってんだ？　コイツ……。アホ？

そんな思いが、俺のテンションを一気に下げる。志保の手から逃れるように立ち上がった。

「あのさ、俺、つき合おうなんて言ったっけ？」

手にしたTシャツを着ながら、志保に問う。

「え？　だって、先輩、私と……」

志保の顔から笑みが消えた。

「先輩、私とつき合ってくれるんじゃないんですか？」

びっくりしたような顔をし、俺にそう言う志保。SEX＝彼女という方程式しか抱いていないこの女の考え方に、こっちがびっくりしてしまう。ジーンズをはき終え、ベッドに腰を下ろし、志保の手を握る。

「お前さ、俺のこと好きなんだよな？」

「はい！」

間髪容れずに答える。俺は志保の手を親指で摩りながら目を見つめた。志保は照れたように小さく微笑み、俯いた。

「あのさ、ならそれでいいじゃん？」

「え？」

俯いていた志保が、顔を上げる。

「だからさ、別に彼女とかじゃなくていいじゃん？」

「それって……どういう……意味ですか？」

――呑み込みの悪い女だな。やっぱアホだ。

舌打ちしたい気持ちをグッと抑え、微笑んで見せる。

「だからさ、別につき合わなくったっていいっしょ？　俺はつき合うつもりとか、まるっきりないよ。そんなこと、一言も言ってないっしょ？」

「……酷い」

呟くような小さな声で志保が言った。目にさっきとは違う涙が浮かぶ。

「先輩、私とつき合うつもりもないのに、私とこんなことしたんですか？」

「だから、こんなことって何？　ＳＥＸのこと？」

「私はっ！　私は、先輩も私のこと好きなんだと思ったから、だから、したんです！　先輩、私のこと好きじゃないんですか？」

ヒステリックな口調で、志保が問う。そんな志保に、うんざりする。

――失敗した。

そう思っていた。妄想癖のある女ほど厄介なものはない。

「俺さ、お前のこと好きだなんて言ったっけ?」

俺の返答を聞き、志保は握っていた手を振り払った。

「じゃあ、なんでこんなことしたのよ!」

買ってもらったおもちゃを取り上げられた子供のような目で俺を睨む。涙が一粒、頬をつたう。

「別に? なんでって、そんな感じになったからでしょ。お前だって抵抗しなかったじゃん。犯したわけじゃあるまいし、面倒くさいこと言わないでくれる?」

「面倒くさいって……。先輩、変だよ!」

「は? 何が?」

聞き返す。志保は俺を睨みつけたまま、さらにヒステリックな声を出す。

「好きでもないのに、平気でこんなことできちゃうなんて、おかしすぎる!」

甲高い声でそう叫ぶと、俺に枕を投げつけた。

――うざったい。

その五文字だけが、頭に浮かぶ。

「じゃあ聞くけどさ、お前だって楽しんだんじゃないの? 第一、お前が家に来たいって言い出したんだろ? こうなること望んでたんじゃないわけ? あきらかに誘ったのもそっちだし。それに……」

バチッという、頬を叩く音が響いた。

「最っ低！」

そう言うと、志保は即座に服をまとい、部屋を出ようとドアノブに手をかけた。

「ちょっと待てよ！」

志保の後ろ姿に言う。俺の声に、志保が振り向く。

「弁解なんて聞きたくないから！　今さら、何言われたって……」

「いや、違うから」

ベッドの脇に置いてある鞄を手にし、差し出す。

「忘れ物」

微笑を浮かべ、言う。志保は下唇をぎゅっと噛み、俺の手から鞄をひったくった。

バンッという大きな音を立てて、ドアが閉まる。

「うっぜぇ～！」

呟き、ベッドに横たわる。

昭和の時代じゃあるまいし、今時、一回ヤッたくらいで彼女面する奴も珍しい。おかしいのは、俺じゃなくてアイツのほうだろう。

戦争が終わって、六十六年。お陰様で自由な世の中になり、そういう意味では世のじいちゃん、ばあちゃんに感謝。拘束や束縛から解放され、今ではのびのびやりたい放題。恥じらいなんて言葉に縛られていた昭和初期の女が、タイムマシーンに乗って現代に来たならば、驚きの余り失神するんじゃないだろうか?

今や女も性欲を露にし、ヤリたきゃヤル。親友の彼氏とヤッちゃいました! 兄ちゃんの彼女とヤッちゃいました! そんなの、もう当たり前。まさに、フリーSEX! それが俺らの時代。この時代に産んでくれたことに関してだけは、親父とお袋に感謝。

世間では、「最近の子は秩序がない」なんて言われてるけど、きっと、あと五十年もしたら、秩序なんて言葉自体が死語になるんじゃないだろうか?

いわゆる、進化だ。拘束や束縛され続けた生活から解放され、自由を与えられた人間が、生活に潤いを求め創り出したのが今の時代なんだから、そんな時代に育った俺らの子供が大人になった頃には、さらに自由化が進み、きっと、もっとすごい世の中になってることだろう。

ダイエットしていた女がリバウンドするのと、ちょっと似ているかもしれない。このまま「ヤリたきゃヤル」が進化したなら、感情のまま行動する原始時代が蘇るんじゃないだろうか。

「それはそれで、おもろいな」

呟き、笑った。

でも、そんな素敵な世の中になろうとも、あと六十年もしたら今はこの元気な息子もおとろえているだろう。

だとしたら、そこはおとなしく、若者が楽しむ自由な時間を傍観させてもらおうじゃないか。

ほのかに感じる疲労感に浸りながら、少し寝るかと、枕を引き寄せる。指先に、小さく硬い物体を感じ、摘み取る。

「……ピアス」

忘れ物？　しかし、どうやったら枕の下に忘れ物ができるのだろうか？　これを言い訳に、また家へ訪れようとでもしたのだろうか？　それとも、「この男は私のものよ」と、犬が電信柱にオシッコをかけ、マーキングするのと同じ感覚なのだろうか？一回ヤッただけで彼女面しようとした奴だ。あり得る。だとしたら、俺が言いたい言葉は「バッカじゃねぇの！」のただ一言。気を引きたいのならば、もっと頭とセンスを使って欲しい。

輪投げのようにゴミ箱目がけてピアスを投げると、ポスッと小さな音を立てて、ゴミ箱の中に落ちた。

――命中！

少し、気分がスッキリする。アイツに多少なりともプライドがあるのならば、ピアスを言い訳に家へ来ようとはしないだろう。その代わり、話に背びれ尾ひれをつけて、言いたい放題に悪口を言いまくるだろうが。

本人はそれでストレス発散できても、それを聞かされる周りの人間がストレスを感じることに果たして気づくだろうか？　頭の悪い女のことだ。「バカじゃないの、この女」と思われていることにも気づかず、被害者ぶるだろう。

――まぁ、俺には関係ない。

酷い奴と言いたいならば、いくらでも言えばいい。俺はそういう奴なんだから、嫌なら近づかなきゃいい。来る者拒まず去る者追わず。いつでも快くお迎えしますよって感じ。

ただし、「愛」なんて言葉を口にしたら、そこでジ・エンド。それほど嫌いな言葉はないから。そういう奴見てると、吐き気がする。「バカじゃねぇの」って言ってやりたくなる。

男と女が行き着く先なんて、所詮ＳＥＸなんだから、俺が好きなら楽しんですればいいんじゃん？　それが俺の考え。「秘かに想いを寄せてます」なんていうのは、ハッキリ言って迷惑。俺の知らない所で勝手に想われてても、気持ち悪いだけ。そういう奴が一番苦手。気色悪いったらありゃしない。

立ち上がり、カーテンを閉め、部屋の灯りを消す。そのままベッドに身を沈め、瞼を閉じた。無意識に、背中の火傷の痕を手で撫でていた。

子供のまま死にたくはありませんか？

私は、そう思うんです。

永遠とか、そういう物を信じられるまま、生きていたいんです。汚れたくないなんて言葉じゃ、この気持ちは表現できないんですが、要は夢を見たいんです。小さな夢じゃなく、大きな夢。例えば、子供の頃、将来の夢は何ですか？って聞かれて、総理大臣とか答える気持ち。叶う叶わないは関係なく、そう答えられる気持ち。そんな気持ちを持ったまま、生きていたいんです。

私は、大きな夢を持っています。その夢が夢で終わらないように、大事に胸に抱えて、行動しようと思います。信じれば救われる。そんな清い心で行動すれば、きっと、私の夢は現実のものとなるでしょう。

だから私は立ち上がります。私の前に聳える未来が、明るいことを信じて。探し求める者に、出逢えると信じて……。

アナタの夢は、何ですか？

私にそっと、教えてはくれませんか？

翌日、眠い目を擦って大学に行った。

駅前の商店街から少し離れた場所にある大学は、一見今風のマンションを巨大化したようなお洒落な造りで、五階建ての建物が三棟並んでいる。外見が格好いいから、この大学を目指したと言っても過言ではない。

何も考えず、社会科学部なんかに所属しちゃったため、経済学の講義を受けなくてはならない。講義中、教授が何を言っているのか、さっぱりわからない。始めから終わりまで、宇宙語を右から左に聞き流して講義を終えた。

真夏の陽気に全身から汗が流れる。持っている教科書を団扇代わりにし、テレテレと渡り廊下を歩く。

「俊介《しゅんすけ》！」

名前を呼ばれ、振り向いた。俺の姿を見つけて走ってくる公平《こうへい》の姿が見えた。

「おい！　お前、すごい言われようしてるぞ！」

俺の肩をポンポンと二回叩きながら、公平が言った。

「何が？」

だいたいは予想がつくが、聞き返す。

「何って、三井《みつい》志保だよ！　お前、ヤッちゃたの？」

ニマニマといやらしい笑みを浮かべながら、公平が問う。

――予感的中。

そう思い、少し笑った。

「何？　なんだよ？」

わくわくした表情を浮かべ、公平が問う。

「いや、別になんでもない」

公平に言う。

「で？　ヤッたの？」

「あぁ」

「嘘！　マジで？　どうだった？」

「どうって？」

「よかったかって聞いてんの！」

公平はより一層にやけた顔で、俺に問う。

「別に、普通じゃん？」

肩に回された手をどけながら、短く答える。

「つかぁ～！　言うねぇ！　この色男！」

そう言うと、公平は俺の腕を人差し指でツンツンと二回突いた。

「っていうか、アイツはなんて言い回ってるの？」

すれ違う学生と異様に目が合う。よほど、噂が浸透している証だろう。

「ん？」

「志保。何か言いふらしてんでしょ？　なんか今日さ、異様に見られてる気がすんだよね」

話にどこまで背びれ尾ひれがくっついているのか、興味が湧く。

俺の問いに公平は「ん～っ」と声を出し、思い出す素振りを見せた。

「んっとね、なんかね、お前に半ば無理やり家に連れ込まれて、ヤラれちゃったような？」

「あはは！　すごいね、俺。犯罪者じゃん！」

そこまで話を変えなくては、自分を正当化できないのであろうか？　思わず苦笑する。

「う～ん……、でも、あれじゃん？　お前の噂って、いつもこんなんじゃん？」

「まぁね」

そう答える俺を見て、公平がため息をつく。

「何？」

「いやいや、羨ましいなぁ～って思ってね」

「酷い男だと噂されるのが？」

「いや、違くて」

　掌を左右に動かし、否定のポーズを取る。

「じゃあ、何？」

「ん？　いや、女、喰い放題にできちゃうお前がね。羨望するよ。マジで」

「そう？　別に喰い放題ってわけじゃないよ？　ただ、なんとなくそんな雰囲気になるだけっていうか。まぁ、コイン投げで決めてるんだけどね」

「コイン投げ？」

「そう」

　ポケットからスロットのコインを取り出し、公平に見せた。

「文字が刻印されている方が表。店のマークが刻印されてある方が裏。表が出たら、欲望のままに進むことに決めてるんだ」

「じゃあ、志保を抱いたのも？」

「あぁ。表が出たから、欲望のままにしただけだよ。アイツ、たしかに顔は可愛いからね。性欲湧いたし」

　公平は俺が手にしたコインを見ながら、

「お前って……、やっぱ普通じゃねぇよ」

　と、呆れたような声を出した。

「え？　俺、普通じゃねぇかな？」

「何？　自覚ねぇの？」

驚いたように目を見開き、公平が問う。

「ない」

真顔で首を横に振って見せる。

「どうしてこんな冷酷男がモテるのかねぇ……」

そう言うと、公平は大袈裟にため息をついて見せた。そんな公平に言う。

「たしかにアイドル並みの顔かもしれないよ。でも、身長だってそんなに高くねぇし……。さっきも言ったけど、なんとなくそんな雰囲気になるだけだよ」

「だからぁ～！　普通はそんな簡単にそういう雰囲気になんて、ならないもんなんだよ。世の男たちがそういう雰囲気にもっていくのに、どれだけ苦労してるか知ってっか？」

「いや？」

「お前から出てるフェロモン、香水にして売ったら、めちゃめちゃ売れるだろうな！」

「あはは！　じゃあ、お前開発して売ってくれよ」

コイツのこういう突拍子もないところは、結構好きだったりする。

「そこまでの頭があったら、東大行ってるよ！」

声を上げ、公平が笑う。

「たしかに」

納得し、頷く。

♪ピロリロリロリ
携帯の着信音。ディスプレイを開くと、「非通知」の三文字が浮かんでいる。

「ちょっと、ごめん」

不審に思いながらも通話ボタンを押す。

「もしもし？」

『……ガチャッ』

電話に出た途端、切られる。今日でもう五回目だ。

「何？　どうしたの？」

「いや、イタ電」

「ヤバイんじゃないのぉ～？　どっかで顰蹙《ひんしゅく》かってんじゃないのぉ～？」

「ははは っ！　多分ね。っていうか、だいたい誰だか察しはつくけどねぇ」

笑い飛ばす俺に、公平は半ば呆れた顔を見せた。

「ところでさ、お前、携帯買い換えないの？」

「携帯？」

「おぉ。ソレ、かなり古いじゃん？　メールとかできんの？」

「いや？　話せれば十分でしょ？　携帯なんて」

「メールないと不便じゃねぇ？」

「いや、全然。っていうか、メールってうざいし。返信すんのもかったるいし。パソコンでメルアドは持ってるしね」

「そういうもんかねぇ～？」

「そういうもんだろ。俺、束縛されんの嫌いなんだわ」

話しながら、携帯をポケットに突っ込む。

「まっ、お前がいいならいいんだけどね。じゃあ、俺、次の講義出るから」

「あぁ」

公平の後ろ姿をしばし見つめたあと、大学をあとにした。


最寄り駅で電車から降り、バスを待つ。

照りつける太陽が、Tシャツから露出した細長い腕をじりじりと焼く。外に出てまだ五分と経っていないのに、全身から汗が湧き出る。サンバイザーを目深に被り、太陽の光を避ける。「今年は猛暑です」などとテレビが言っていたが、これでは酷暑だ。リュックから教科書を取り出して団扇代わりにし、扇ぐ。

背後からカツンカツンと、聞き覚えのある音がして振り向いた。ゆっくりとした足取りで、留乃《るの》がこちらに向かって来るのが見えた。ロングスカートの裾がはらりと揺れ、そこだけ涼しい風が吹いているような錯覚を覚える。

「お前も、もう帰るの？」

留乃の杖が、動きを止める。

「俊介君？」

確かめるように、留乃が俺の名を呼ぶ。

「あぁ」

俺の声を聞くと、留乃は笑みを浮かべ頷いた。

「今日ね、二限目だけだったの。俊介君は？」

「同じ」

「そう」

杖が動き出し、留乃が歩き出す。

「暑いね」

「あぁ」

「バス、どのくらいで来る？」

留乃に尋ねられ、時刻表を見る。

「あぁ〜、あと、十分くらい」

「そっか。ありがとう」

そう言うと、留乃は左手でベンチを確認し、腰を下ろした。

「あ、この前の入れ物、返してないね」

「え？　入れ物？」

「この間の炊き込みご飯の」

「あぁ、いつでもいいよ」

「美味かったよ。ありがとうっておばさんに伝えておいて」

留乃は、返答の代わりに笑顔で頷いた。

高野《たかの》留乃とは、幼馴染だ。お金のことしか頭にない銀行員の親父と、締切にしか反応しないグラフィックデザイナーのお袋は、息子の成長を見て楽しむなんてことには興味がなく、幼い俺をよく隣人の高野家に預けた。留乃の両親は、嫌な顔一つせずに俺を受け入れた。それをいいことに、お袋は毎日のように俺を預け、仕事に向かった。

まるで高野家は託児所だった。

俺を迎えに来るのは、だいたいが深夜近くになってからのため、夕飯のほとんどを高野家で摂取していた。だから、俺にとっては、留乃のお袋さんが作った手料理が、お袋の味みたいなものだ。

留乃とも小学校低学年頃まで毎日のように遊んでいた。

留乃は、五歳の頃、緑内障を患い失明した。なんでも眼内圧が上昇し、視神経が障害される病気だったらしい。病状がわかりにくいため、気づいた時にはかなり進行しているケースが多い病気だそうだ。急性の場合は、眼圧が上昇し始めてから四十八時間以内に眼圧を安定させれば、失明から免れることもあるそうだが、それができなかった場合、失明する確率が高いらしい。

留乃も、その一人だった。

「目がしょぼしょぼする」と、目を擦っている留乃を眼科に連れて行った時にはすでに手遅れで、留乃は失明した。「私がもっと早くに病院へ連れて行っていれば」と、留乃のお袋さんが自分を責め、泣いていた姿を覚えている。

状況を把握できない周りの子供たちは、白い杖をついている留乃をからかった時期もあった。が、留乃の親父さんやお袋さんが根気強く、優しく、留乃の病気を説明し、そのかいあって留乃をからかう奴らは減っていった。

もともと穏やかで人当たりのいい性格の留乃は、小学校にあがる頃には人気者になり、顔立ちもスタイルもよく、男子の間で秘かにアイドル的存在だった。

「お前、留乃が好きなんだろ」。毎日のように留乃の家に通う俺を、周囲はからかった。俺はそれが嫌で堪らず、だんだんと高野家から遠のいていった。

「俊介君、ハンバーグ作ったから食べにいらっしゃい」。高野家に近寄らなくなった俺を心配した留乃のお袋さんは、俺の好物を作っては迎えに来た。しかし、その優しい声に、俺は頷くことはなかった。

その頃から、俺の好物は近所の精肉店で売っているハムカツに変わり、食卓に置かれた小型テレビが食事の友となった。

相変わらず休むことなく、ミーンミーンという蝉の鳴き声が木霊していた。

留乃が口を開いた。

「取りに行こうか?」

「え?」

「入れ物」

「あぁ……」

「どうする?」

「うん。じゃあ、あとで来てくれる?」

届けに行くと言おうとしたが、おじさんやおばさんに会うのをなんとなく避けたかった。留乃は俺の言葉に小さく微笑み、頷いた。

「じゃあ、あとで行くね」

「うん」

それから何も話さず、ＢＧＭのように、蝉の鳴き声をただ聴いていた。

「あ、バス来たでしょ？」

左を見ると、バスが近づいてくるのが見えた。

「あ、本当だ。すげぇな。よくわかったな」

「うん。目が見えないとね、聴力が発達するみたい」

笑いながら、留乃は形のいい小ぶりの右耳を触って見せた。

「そっか」

なんと言っていいのかわからず、当たり障りのない返事を口にする。

バスが停まり、乗り込む。なんとなく気まずい空気に耐えられず、留乃を優先席に座らせ、俺は後部座席のほうへ座った。

――話しかけなければよかったな。

白い杖を抱え、優先席に座る留乃を見ながら思っていた。

「次は、上宮内、上宮内です」

アナウンスが流れ、ブザーを押す。停車したバスから降り、勾配の軽い坂を上る。

駅からバスで十五分ほど離れた場所に造られた新興住宅地。建て売りのため同じような二階建て家が左右に連なる。お袋のわがままが実ってマイホームを手に入れたのは俺が生まれる二年前だそうだ。

「大丈夫？」

子供の頃、よくこの坂で転んでいたのを思い出し、後ろから歩いてくる留乃に問う。

「うん。いつも上ってるから大丈夫だよ。ありがとう」

頷きながら、留乃が答える。

「そっか」

留乃一人を置いて先に行くわけにもいかず、無言のまま留乃の歩調に合わせる。自宅までの約百メートルが、いつもよりも異様に長く感じていた。

「着いたよ」

やっと、留乃の自宅前に辿り着いた。

「うん。じゃあ、あとでね」

留乃は一言そう言うと、ポーチの扉を開いた。無事に留乃が家へ入るのを見届けてから、自宅へと足を運んだ。

「俊介？」

玄関のドアを開けると、リビングからお袋が顔を出した。

「珍しいね。いたんだ」

厚化粧の施されたお袋は、淡いブルーのスーツのせいか、太身のためにあの有名なネコ型ロボットのように見えてしまう。

「いちゃ悪いの？　ここは私の家でもあるのよ」

麦茶の入ったグラスを持ちながら、ムキになって言い返してきた。

「…………」

「可愛くない子ね」

特に反応しない俺に、お袋が言う。

「どこで育て方間違えちゃったのかしらね」

ため息をつきながら、お袋は麦茶を一気に飲み干した。

――腹の中にいた時から、アンタの育て方が間違ってたんだよ。

心の中でそっと呟き、苦笑した。

「何よ？　何がおかしいの？」

「いや、別に？」

俺の返答に、お袋はハンッと鼻で笑う。

「どうでもいいけど、夕飯代、ここに置いておくからね」

「あぁ」

お袋が俺を睨みつける。

「本当に可愛くない子ね」

「…………」

お袋の顔も見ず、階段を上がる。話していても仕方ない。絡まれるだけなら、早く自室に行ったほうが身のためだ。

「肉ばっかじゃなくて、野菜も摂るのよ！」

そう言うお袋の言葉を背中に、ドアを閉めた。

リュックを机に置き、エアコンのスイッチを入れる。疲労した身体をベッドに横たえた。口から、自然とため息が漏れる。

――いっそ一人暮らしでもするか？

机の上に置いてあるアルバイト情報誌に手を伸ばす。ペラペラと捲り、何かいいバイトはないかと目を配る。時給千円以上で、身体を動かさなくていい、簡単な仕事。捲っても捲っても、そんな好条件の仕事なんか載ってない。

親父もお袋も、仕事なんて面倒くさいものに、なんであんなに必死になれるのだろうか？　情報誌を眺めるたび、不思議で仕方なくなる。

あの人たちに休日はなかった。帰って来たと思えば、部屋にこもってパソコンを叩いていたり、携帯電話で何やら怒鳴っていたり。三人揃って飯食ったことなんかあったっけ？　本当に俺は、あの仕事人間の子供なのだろうか？　あの人たちが息子に目もくれず必死になる仕事ってやつが、いったいどれほどの価値があるものなのだろうかと、高校生の時にバイトを始めたが、俺は根っからの面倒くさがりなのだろう。気分が向かないとすぐに休んだりさぼったりするため、「この仕事、向いてないんじゃないかな」と責任者に言われ、半ばクビ同然で、一ヶ月ともった例がない。

――きっと、隔世遺伝だな。

お袋方の祖父が定職にも就かず、競馬場やパチンコ店に入り浸っていたのを思い出し、笑った。

起き上がり、ジーンズのポケットから煙草を取り出し銜えた。ジッポの蓋を開け、火を点ける。煙草の先から、白い煙が揺らめく。吸い込み、肺まで届いた煙を吐き出す。携帯を手にし、留守録を再生する。

『メッセージは一件です。十二月二十四日、午後十一時三十二分』

機械音の淡々とした女性の声が受話器から聴こえ出す。

雨の音。

『……ごめんなさい。……ずっと…………ずっと愛してる……』

震えた声のメッセージ。誰なんだろう？　間違い電話なのだろうか？　雨音に混じり、聞こえる女の声……。

――「携帯買い換えないの？」

公平の言葉が蘇る。公平にはあんなふうに言ったが、本当はこの留守電が気になって手放せないだけなのだ。間違い電話だと思ったが、どこかで聴いたことのあるこの声。妙に気になり、幾度も聞いては誰なのかと頭を悩ませてきた。しかし、どんなに考えても、この声の主に思いあたる奴はいなかった。

――いい加減、買い換えるかな……。

古びた携帯を手にし、眺める。しかし、いつもそう思っては、こうしてまた携帯を
眺め、頭の中で声の主を探る。それの繰り返し。

♪ピンポーン。

インターホンが鳴る。お袋が出るだろうと、灰皿に灰を落としながら、ニコチンを
身体に吸収させ続ける。

♪ピンポーン。

再び鳴るインターホン。煙草を銜えたまま立ち上がり、ドアを開ける。

「いないの～？」

一階に向かい叫ぶが、返事はない。いつの間にか出かけたようだ。

♪ピンポーン。

「はいはい」と、独り言を口にし、煙草を灰皿に押しつける。ジッと小さな音を立て、
煙が消えていく。

♪ピンポーン。

四度目のインターホン。「わかったってぇの」と携帯を置き、急いで一階に駆け下

り、ドアを開けた。

「よかった。いないのかと思っちゃった」

左手で顔を扇ぎながら、留乃が言う。

「ごめん。部屋にいたから」

「そっか」

「入れ物だよね。ちょっと待って。あ、用意してねぇや。上がる?」

薄らと汗をかいている留乃に言う。留乃は嬉しそうに微笑み、頷いた。

「どうぞ」

ドアを全開にして招いた。

「ありがとう」

カツンカツンと音を立て、杖が動く。

「今、飲み物持って行くから。俺の部屋行ってて。段差気をつけろよ」

「うん。ありがとう」

「階段、一人で大丈夫?」

「うん。大丈夫だよ」

留乃の返事を待ち、キッチンへ向かう。冷蔵庫からオレンジジュースを取り出し、
グラスに注いだ。

流し台に置いてある入れ物を紙袋に入れ、腕にかける。グラスを両手に持ち、そのまま二階へ向かう。

「どうした？」

「いや、すごい久しぶりだから、なんか緊張しちゃって」

室内の入り口付近で正座している留乃は、照れたように笑いながら答えた。

「別に緊張することないっしょ。ベッドに座れば？　床だと痛くない？」

「うん。ありがとう」

そう言うと、留乃はゆっくり立ち上がり、手探りでベッドを確認してから腰を下ろした。

「はい。オレンジジュースだけどいい？」

「うん。好き」

「ならよかった」

留乃の手にグラスを渡す。留乃はグッとグラスを握り、口元へ持っていった。

「美味しい」

「そ？」

「うん。家で飲むのよりもずっと美味しい」

「あはは！　どこにでも売ってるやつだよ」

「でも本当だよ！　すごく美味しい！」

一オクターブ上がった声で、留乃が言う。

「なら、よかった。おかわりしてもいいよ。まだあるから」

「うん」

留乃は小さくそう言うと、恥ずかしそうに俯いた。

「あ、コレ」

紙袋を手にし、留乃に手渡す。

「あ、コレ、入れ物」

「あ、うん」

「マジで美味かったよ」

「うん」

紙袋の紐をしっかりと握り、留乃は頷いた。

特に話題もなく、お互い無言だった。圧迫感を感じ、ＣＤをかけた。

「あ、コレ好き。いいよね。Backstreet Boys の曲って」

流れるＢＧＭに耳を傾け、留乃が言う。

「あぁ、うん。いいよね。お前も好きなんだ？」

「うん。I Want It That Way とか。曲もだけど、歌詞も好きなんだ。元気出る感じで」

「俺はEverybodyが一番好きだな」

「ハードないい曲だよね」

「あぁ」

「あとは？　あとは何が好き？」

「う〜ん……。The Callとか？」

「私も好き！　切ない曲だけど……」

「あぁ。まぁな」

それを最後に、しばしの沈黙が生まれた。

「あ、おばさん、お仕事？」

沈黙を恐れるように、留乃が会話の糸口を探る。

「あぁ」

「そっか。暑いのに大変だね」

「まぁ、それだけが生きがいみたいな人だからね」

「俊介君のお父さんとお母さん、格好いいよね」

俺の機嫌を取るように、明るい声で留乃が言った。

「は？」

「え？」

「格好いい？　ドコが？」

「え……？」

　煙草を銜え、火を点ける。俺の気を良くするつもりで言ったんだろうが、留乃は地雷を踏んだ。

「あの人たちのドコが格好いいの？」

「あの人たちって……。駄目だよ、俊介君。お父さんとお母さんのことそんなふうに……。格好いいじゃない。仕事バリバリこなして……」

「それだけだろ？」

「え？」

「あの人たちの取り柄なんてそれだけだろって言ってるの」

　思いっきり煙を吸い込み、ため息を隠すように吐き出した。

「そんなことないよ。俊介君、どうしたの？　なんか変だよ？」

　無性に腹が立ってきた。イライラする感情を抑えようと、煙を吸い込み、吐き出し、また吸い込む。

「どうしたの？　何かあった？」

　心配そうな表情を浮かべ、そう問う留乃に、さらにイラツキが増す。

「別にどうもしないけど？　俺、いつもこんなんでしょ？」

「そんなことないよ！　俊介君、そんなこと言う人じゃなかったじゃない！　私知ってるよ！　俊介君がすごく優しいこと！」

「へぇ〜。俺のこと知ってんだ？」

鼻で笑いながら答える俺に、留乃が言う。

「あのさぁ、じゃあ、俺ってどんな人なわけ？　お前さ、俺のことそんなに知ってんの？」

留乃は俯いたまま、口を閉じた。

親に対する軽蔑。そんなの今に始まったことじゃない。今はもう、そんな感情さえ持ち合わせていない。うざい。あいつらはあいつらでやってくれればいい。俺には構わないでくれ。ただ、それだけだ。何にも知らないこの目の見えないお嬢ちゃんは、俺がまだ子供の頃のままだと思って構ってくる。これだからガキにはつき合いきれない。

——この俺に、いったい何を期待してるんだ？

苛立ちは頂点に達していた。

「親の脛かじって、大学にまで通わせてもらって、ましてや小遣いまで貰ってるくせに、なんて生意気なこと言ってるんだって、本当の気持ち、ハッキリ言えば？」

「私、そんなこと思ってないよ」

「俺はお前と違って、いい子ちゃんじゃねぇんだよ！」

堪らず発した俺の怒声に留乃はビクリと身体を震わせたが、身を乗り出し言い返してくる。

「そんなことないよ！　俊介君のお父さんとお母さん言ってたもん。あの子はちょっといじけてるだけだって」

「はあ？　なんじゃそりゃ？　まだガキ扱いされてんの？　俺って」

「そうじゃなくって、俊介君の好きなことやらせてあげたいから、今は自由に……」

「はぁ……。お前さぁ、そういうの建前って言うの」

「違うよ。本当だって。みんな俊介君のことを考えて……」

「考えてって何？　何考えてくれてんの？」

「何じゃなく、みんな、俊介君のことを愛してるってことで……」

「愛してる？　誰がそんなこと言ってんの？　あと、みんなって誰よ？」

「だから、俊介君が気づかないだけで……」

「だから、誰なの？　どこにいるの？　教えてよ？　そんなこと言う奴。俺を愛してるって奴、どこにいるのか教えてよ」

「それは……」

「なんだよ？　言えよ」

「私、私は……、ずっと俊介君のこと……」

「俺のこと？　何？」

「……」

「好きでいてくれたんだ？」

留乃の手を取る。留乃は顔を真っ赤に染めながら、小さく頷いた。

「好きだったよ……。ずっと、好きだよ」

呟くような小さな声で、留乃が言う。

「そう」

俺は気のない返事をし、留乃の身体をベッドに横たわらせる。

「俊介君……？」

「俺のこと好きなんでしょ？　じゃぁ、愛情ちょうだいよ」

留乃の唇にキスをする。留乃の身体がビクッと震え、固まっていく。

「くれないの？　愛情」

「わ、私……」

「嘘なの？　俺のこと好きだっていうの、嘘なの？」

「……嘘じゃないよ」

「じゃぁ、お前が言う愛情っての、ちょうだいよ」

「…………」

戸惑っている留乃をじっと見つめる。言葉では表現できない複雑な感情が込み上げていた。

ジーンズのポケットからコインを取り出し、投げた。

表。

「いい？」

俺の問いに、留乃は体を固めたまま、黙って頷いた。

俺はそのまま服を脱がして、抵抗しなくなった留乃を、抱いた。

留乃は、俺の腕の中で何度か怯えた様子を見せた。が、俺は止めなかった。留乃もまた、抵抗はしなかった。それは、どこか、仕返しや、八つ当たりのような気持ちだったのかもしれない。

「俊介君」

細い身体を毛布に包ませながら、留乃が俺の名を呼ぶ。

「何？」

留乃の頬に手を当て、問う。留乃は俺の手を握り締めながら、満面の笑みを浮かべた。

「あのね、私ね？」

「ん？」

「ずっとずっと、俊介君のことが好きだったんだよ。知ってた？」

至福に満たされたような顔で、留乃が言う。

「うん。知ってたよ」

「そっか。ねぇ？」

「何？」

「愛情、伝わった？」

留乃の頬から手をどけ、煙草を銜える。

「伝わら……なかった？」

心配そうに留乃が尋ねる。

「いや、伝わったよ」

煙を吐き出しながら、答える。

「よかった」

そう言い、留乃は幸せそうに笑った。

「ねぇ？」

「ん？」

「みんな、びっくりするだろうね？」

「何が？」

「俊介君と私が、こういう関係になったの知ったら……」

――コイツもか……。

ため息が出る。そんな俺に、留乃が過敏に反応する。

「みんなに、知られたくない？」

「いや、知られるのは別にいいけど……」

「……けど？」

半分まで吸い上げた煙草を、灰皿に押しつける。

「みんな、驚かないと思うよ」

「なんで？」

「だって、俺が好きでもない女とヤレちゃうこと、みんな知ってるでしょ？」

「……え」

留乃の顔から、笑みが消える。

「あのさ、言っておくけど、一回ヤッただけで彼女面はしないでね。そういうの、マジで駄目なんだわ。ウザイっていうか……。ガキじゃないんだからさ、割り切って欲しいんだよね」

「……俊介君、私！　俊介君が好きだよ！　これからもずっと好きだよ！　好きでいていいでしょ？」

起き上がり、留乃が言う。

「うん。好きでいるのは構わないけど、つき合ったりとかしないからってこと」

大きな瞳に、涙が溢れ出す。そんなはずはないのに、その目に見つめられているような気がして、思わず視線を落とした。

「……そっか」

留乃の頬に、涙がつたう。

「初めてだったんだろ？　後悔した？」

留乃に問う。留乃は小さく、首を横に振って見せた。

「……してないよ。俊介君を好きな気持ちは本物だから……」

「本物ねぇ」

「……本物だよ」

小さくそう答えると、留乃は手を動かし、服を探した。

「はい、上着。こっちがスカート」

Tシャツを右手に、白いロングスカートを左手に手渡す。

「……ありがとう」

小さな声で礼を言うと、留乃はゆっくりと服を纏った。服を纏っている最中、何度も留乃が涙を拭っているのに気づいていたが、俺は何も言わなかった。ただ、ＣＤから流れる音楽だけが、部屋の中に漂っていた。やることもなく、なんとなく立ち上がり、閉め切っていたカーテンを開けた。

スカートのファスナーを上げると、留乃はゆっくりと立ち上がった。

「……帰るね」

「うん。階段、大丈夫？」

「うん」

「そ。じゃあね」

杖を手渡す。留乃は右手で杖を受け取り、部屋を出た。

カツンカツンという音が遠ざかる。

背中に手を回し、火傷の痕を撫でる。もう、癖になっているようだ。他人から見たら、痛々しい痕なのだろう。俺にとっても、唯一のコンプレックスだ。しかし、なぜこんな痕があるのか俺は知らない。赤子の頃にできてしまったものなのか？　両親に聞けばわかるものなのだろうが、聞いたところで消えるわけではない。聞いても聞かなくても同じなら、何も聞かないままでいたほうがいい。

再び煙草を銜え、火を点け、留乃が座っていた場所に視線を送った。

人を信じることができますか？

なんの疑いもなく、無垢な気持ちで人を信じることができますか？

私には、できません。

どんなにいい人に出逢っても、その人の心の中に何か黒いものが潜んでいるような気がして、素直に心を開くことができないんです。

この世で一番怖いものは、人間の心だと思うんです。だって、絶対に覗けませんから……。でも、一人一人、心を持っていて、覗けない心同士で人づき合いが始まる。最初は、腹の探り合い。でも、そのうち、相手を信用し心を開く。

だけど、心を開いた相手に裏切られないとは限らない。現に、心から相手を信用してしまったばっかりに、流さなくてもいい涙を流す人がいるではないですか。嘘や偽りだらけの世の中で、簡単に人なんて信用してはいけない。いえ、信用したくてもできない。

だけど、そんな風に心にバリアを張って生きていると、心の底から思うんです。信じ合える者同士だけで生きていきたい。そんな世界を創りたい。嘘や偽りなど一切ない、純朴な世界を築き上げていきたい。

でも、それこそ夢なんですよね。

でも、だったらどうしたらいいのでしょう？

今の世界ではなく、別の世界で生きるには。

理想の世界で生きるには。

いったい、どうすればいいのでしょう？

答えは、一つだけです。

そう、一つだけなんです。

わかるでしょう？

あなたになるわかるでしょう？


留乃を抱いてから、三日が経過していた。

何度か大学で留乃を見かけたが、声をかけることはしなかった。

噂好きの公平からも、留乃の名前は出ず、俺との関係を留乃が言いふらしてはいないことがわかったし、留乃が言いふらすことなどしないことを、俺はわかっていた。

この日も、風一つない真夏の陽気が俺を包み込んだ。少し外にいただけで、頭が熱くなる。

売店でキンキンに冷えた缶コーヒーを買い、唯一、棟から冷気が漏れ当たる裏庭のベンチに腰をかけていると、留乃の親友である佐伯真菜《さえきまな》がこちらに歩いてくるのが見えた。

「ねぇ、ちょっといい？」

佐伯が尋ねる。

「何？」

「聞きたいことあるのよ」

アイメイクがビッシリ施された大きな瞳を細めた。眉間に皺が寄っている。一目瞭然でいい話ではないことがわかる。

「留乃のこと？」

「それ以外、アンタと話すことなんてないでしょ」

腰に手を当て、佐伯が言う。どうぞ、と右にずれ、佐伯が座れるスペースを空けるが、佐伯は俺を睨みつけ、首を横に振った。

「単刀直入に聞くけど」

「何？」

「アンタ、留乃になんかした？」

ライオンが獲物を見つけた時のような険しい目で、佐伯が俺を見る。

「なんかって？　聞いてないの？」

「留乃に聞いても言わないから、アンタに直接聞きに来たの。留乃があそこまで凹む理由なんて、アンタしかないんだから」

　腕を組み、佐伯が俺の返答を待つ。半分になったコーヒーを飲み干し、ゴミ箱目がけて空になった缶を投げる。カンッと、ゴミ箱の縁に当たり、道へ転がる。立ち上がり、缶まで歩む。

「ねぇ、聞いてるわけ？」

　何も答えない俺に、佐伯が怒ったように問う。

「聞いてるよ」

　缶を手に取り、ゴミ箱に捨てる。

「何したのよ？」

　コンッと音を立て、缶がゴミ箱に落ちる。

「ＳＥＸ」

　視線をゴミ箱から、佐伯に移す。佐伯は眉間に皺を寄せ、俺を睨む。

「留乃のこと好きなわけ？」

「いや？」

「好きじゃないの？」

「知らねぇ」

「は？」

眉間の皺が増え、佐伯は険しい顔で首を傾げた。

「人のこと好きになったことなんてないから、好きかどうかなんてわからないよ。抱けたってことは、嫌いじゃないいんだろうけどね」

「何よ、ソレ！」

佐伯が怒鳴る。

「じゃあさ、好きってどんななの？　どんなのが好きって感情なの？」

「アンタ……本気で言ってるの？」

「あぁ」

佐伯は俺の返答を聞くと、掌を額に当て、考え込むポーズを取った。

「アタシさぁ、アンタは留乃のことだけは、特別に想ってるもんだと思ってたよ」

「特別？」

「そう。他の女と違う目で留乃のこと見てるものだと思ってた」

「あぁ、それは当たってるかもよ？　俺にもよくわからないけど」

そう言った俺の言葉に、呆れたように佐伯はため息をついた。

「あのさぁ、アンタの中で、留乃は大事なんじゃないわけ？」

佐伯に言われ、考える。幼い頃から兄妹のように育っているようなものなので、留乃が大事じゃないと言ったら嘘のような気がする。でも、好きなのか？　と問われれば、それともまた違う気がする。

「どうなの?」

佐伯の問いに、両手を上げて見せる。

自分でもわからない感情を、人に説明するのは無理だと思った。

佐伯は俺の反応を見ると、俺の許まで歩んだ。

「あのさ、前から言いたかったこと、言っていい?」

「どうぞ」

そう言う俺を、佐伯が睨む。

「地獄に堕ちろ!」

真顔で、一オクターブ低い声でそう言うと、佐伯は俺に背を向け歩き出した。

「そのうちね」

遠ざかっていく佐伯の後ろ姿に呟き、大学をあとにした。


家に帰り、エアコンのスイッチを押す。ブゥーン……と、音を立て、エアコンが起動する。床に座り込み、煙草を銜えた。火を点け、ニコチンの切れた身体に補給する。

——こういうことなのかもしれないな。

煙を吸い込み、思った。

恋愛はきっと、煙草に似ている。身体からニコチンが離れれば、恋しくなり口にする。満足するまで身体に取り入れ、また離す。しかし、ずっと離れていることはできない。近くになければ安心しない。いつでも、手の届くところになくては、気が済まない。好きっていう感情は、きっとこういうことなんだろう。

——だとしたら、やはり、俺は留乃を好きじゃないんだろう。

煙を吐き出し、考える。幼い頃から当たり前のように近い場所にいた留乃が、急に遠くへ行ったら、それはそれで、きっと変な感覚だろう。

しかし、留乃を手の届く場所に置いておきたいとは思わない。反対に、この部屋の中に留乃がずっといたなら、うざったいという感情が湧くだろう。それは、留乃じゃなくても、同じだ。この部屋にずっと同じ人間がいたならば、それが誰であれ、俺はうざったいと感じるはずだ。

ならば、やはり、俺は誰に対しても好きという感情を抱いていないのだろう。

——ヤラなきゃよかった。

揺らめく煙草の煙を眺め、初めてそう思った。

あなたは、なぜ生きていますか？
あなたは、なぜ、生まれてきましたか？

生きたいですか？

死にたいですか？

それとも、どちらでもいいですか？

私は生きたいです。

生きるために生まれてきました。

生きて、笑いたいです。

微笑などではなく、声を上げて笑いたいのです。

苦しみや悲しみなど一切ない。そんな世界で生きていたいのです。

そんな世界はないって？　いえ、あるんです。いや、正確に言えば、創り上げるんです。

苦しみも悲しみもない、涙などとは無縁の世界を……。

でも、ただ安穏なだけじゃつまらない。生きるには、スリルや冒険がなくては。

そのためには、ある人物が必要なんです。

だから、私は、その人物を探し求めているんです。

それは、もしかしたら、あなたかもしれません……。

ね？

そうは思いませんか？

私の世界に、入りたくはありませんか？
私が探し求めている相手があなたなら、どうしますか？

2　霊柩列車

九時三十六分のバスに乗るため、九時二十分に家を出た。

炎天下とは、こんな日のことを言うのだろう。Tシャツ一枚だというのに、一歩外に出ただけでまるでサウナに入った気がする。数歩歩いただけで汗が流れ出し、照りつける太陽の日射しが眩しい。目を細めながら、バスに乗り、最寄り駅に向かう。

バスの中の冷房が、熱された身体を癒してくれる。このまま乗っていたい感情をコントロールし、バスから降りる。

肌を焼く光がいつもと同じ景色を揺るがせて見せる。まるで、映画の中に出てくる砂漠の蜃気楼のようだ。

途中、駅のホームに佇む留乃の姿を見つけた。

——何やってんだ？　アイツ。

黄色い枠の外側に立ち、留乃は俯いていた。

と、すると駅員が留乃に近寄り、腕を引っ張ったのが見えた。キツネ顔をした、細身の男だ。青白い肌がいっそう不健康そうに見せる。

男は留乃の耳元で何か言うと、留乃から杖を取り手を握った。戸惑うように、留乃はその場に立ち止まっている。男は笑顔で、また留乃の耳元に何か囁いている。

留乃は一度頷くと、大学へ行くのとは逆方向の電車に向かってホーム上へ歩き出し、二人で乗り込んだ。

——駅員が電車まで乗り込むか？　まさか、新手の痴漢？

好奇心もあり、急いで同じ電車に飛び乗った。プシュゥという音と共にドアが閉まり、電車が走り出す。

二メートルほど距離を置き、二人の様子を観察する。

男は留乃を優先席に座らせ、自分はその前に立って何やら語り続けていた。留乃は頷いたり、首を横に振ったりして、男の話に耳を傾けている。

——考えすぎか……。

二つめの駅に到着し、電車から降りようと出口に向かったが、いつまでも留乃の側から離れない男を見て、足を止めた。

——コイツ、なんなんだ？

制服は着ているが、駅員でないことは確かだ。駅員ならば、すぐに留乃から離れるだろうし、第一、留乃と一緒に電車に乗り込むはずがない。

二人に近寄る。男の話し声が、わずかに聞こえてきた。会話を聞こうと、不審に思われない距離まで近づく。男の声がハッキリと聞こえ出す。

「想像とは違う。実際は、もっと素晴らしいですよ。どうですか？　行きませんか？」

男が、留乃に問う。留乃は考える素振りを見せたあと、小さな声で「行きます」と答えた。男は留乃の返答を聞くと、いやらしい笑みを浮かべ頷いた。

「では、私と一緒に行きましょう」

――行く？　どこへ？

「最高の幸せが、あなたを待っていますよ」

――最高の幸せ？　何かの宗教の勧誘か？

「……あの、本当に痛くないんですよね？」

留乃が男に問う。

「痛みなんて言葉、お忘れください。あなたの身に訪れるのは、快楽だけです！　参加できるあなたは、幸福な方なんですよ！」

――快楽？　幸福？……コイツ、絶対おかしい。

留乃を電車から降ろそうと思い近づいたが、果たして留乃がおかしな奴を相手にするだろうか？　という疑問が、俺の足を止めた。

留乃は、目が見えないという障害から、人一倍警戒心が強い。間違っても知らない男について行ったりはしないし、怪しい話に耳を傾けるような奴じゃない。それは、幼い頃から留乃を見てきた俺が一番よく知っている。

――じゃあ、やっぱり考えすぎか？　でも……。

ニマニマとした笑みを浮かべる男を見るたび、胸騒ぎが強まる。声をかけるべきかどうかと躊躇している間に、二人は立ち上がり、電車から降りた。

――どうする？　追うか？

自分自身へ問いかける。留乃の顔を見る。

即座にポケットからコインを取り出し投げた。

表が出たら追う。裏だったら放っておく。

表。

追うことに決め、電車から降りた。なんでもないのならば、それに越したことはない。

そのまま二メートルほど距離を保ちながら、二人の尾行を始めた。

男は半ば無理やり、留乃と腕を組み、そのまま階段を下り改札を出て、横浜方面のホームに向かい歩き出した。

本当に、留乃が同意のうえついて行っているのかと、留乃の様子を窺う。よくわからないが、男の話に相槌を打っている。無理やり連れて行かれているのではないらしい。

　男に促され、留乃はベンチに座った。

「間もなく、一番線に、急行渋谷行きがまいります。白線の内側に立ち、お待ちください」

　アナウンスが流れる。左を見ると電車が走ってくるのが見えた。

　男が留乃の腕を引っ張り、立たせようとする。男の手引き誘導に戸惑った顔をしながらも、留乃がゆっくり立ち上がる。

　ホームに電車が到着し、ドアが開くと、男はグイグイと留乃の腕を引っ張り、電車に乗り込んだ。留乃が乗ったことを確認し、隣の車輌に乗り込む。電車がゆっくりと走行し出す。

　男が留乃に話しかけるのに夢中になっているのを確認し、二人がいる車輌へ行く。男の真後ろに立ち、何を話しているのか盗み聞きをする。

「本当にね、あなたは幸福な人ですよ。本当はね、事前に申し込んでいただかないと参加できない決まりなんですけどね、ホームであなたを見た時、どうしても放ってけなくなっちゃいましてねぇ～。失礼ですけど、あなた、目がお悪いでしょ？　受け付けってのはネット上でやってますからね、私があそこで話しかけなければ、あなたは、どうやっても私の開発した快楽を味わうのは無理じゃないですか。だからね、本当は決まりは決まりなんですけど、そこはまぁ、目を瞑って。ホラ、仏心っての？それを出してね、あなたをお誘いしたわけですよ」

男は留乃に返答の余地も与えず、まるでおとぎ話を聴かせるように語っている。

「いやぁ～、でも、よかったですよ。あなたが幸福感のわかる方で。中にはね、私の新薬を外道だなんて言う輩もいるんですよ。まぁ、そういう奴にいくら説明しても、私の研究の素晴らしさは伝わらないですからね。放っておいてますけど。私こそ、医師になるべき人間なのにね。あんな素晴らしい薬を開発できるのは、私だけなのにね。ノーベル賞ものですよ。だからね、きっとね、やっかみですよ。私の才能を羨んだ奴らがね、外道だなんてセンスのない言葉を使うんですよ。私から言わせてみればね、だったらお前らも何か開発してみろってんですよ！　それをまぁ、出世のことしか頭にないくせにえばり放題えばっちゃってね。哀れなものですよ。もう、哀れ以外、あいつらに当てはまる言葉ってないですね」

――開発？　薬？　医師？……なんなんだ？　コイツ、マジでヤベェんじゃねぇの？

男はベタついた髪を右手で撫でながら、ははははっと、声を出し笑っている。

――どうして留乃はこんな奴について行ってるのだろうか？

疑問ばかりが生じる。留乃は暗い表情のまま、ただ男の話に耳を傾けている。

電車が到着する。そのまま、二人のあとを追う。

その後、二人は乗換えを何度も繰り返した。

だんだんと都会から離れる。

――どこまで行く気なんだ？

腕時計を見ると、午後三時を回っていた。最寄駅のホームで留乃を見かけたのが十時頃。もう五時間も電車に乗っている。

窓の外を眺める。ビルの谷が遠ざかり、代わりに田畑、遠くには山脈が見え始める。相変わらず男は、留乃に向かい、一人語っている。

さらに二時間ほど、電車に揺られていた。車内には老婆が一人。何やら、風呂敷に包んだ小さな箱らしき物を大事そうに抱えている。老婆の他には、ビジネスマンふうの男が一人と、学生らしき男が一人、どちらも窓の外の景色を愛おしそうに眺めている。

――こんな田舎まで来て、どうするつもりなんだ？

終点に着くと、男は留乃の手を引き、留乃と共に電車から降りた。気づかれないように、二人のあとを追う。小さなバスターミナルでバスを待つ二人。その間も男は、休むことなく何か語り続けていた。

二十分ほどしてバスが到着。二人が乗ったのを確認してから乗り込む。男は留乃を優先席に座らせ、自分は留乃の前に立ったまま、相変わらず喋り続けている。

三十分ほどすると、バスは終点に着いた。もはやバスの中には、留乃と男、俺と、白いTシャツをチノパンにきっちり入れた男だけが残っていた。

留乃の右手を半ば無理やり握り、男はバスを降りた。チノパンきっちり男も、同じ経路を歩いて行く。怪しまれないように、数歩距離を取りながら、男のあとをつける。

男は留乃と共に、杉林を縫うように坂道を下ったあと、足を止めた。太陽は囲まれた山の向こうへすっかりと落ち、冷気が俺の背中をそっと撫でた。


私が築き上げたいもの、それは、ネバーランドです。

知っていますか？　永遠に子供のままでいられる、ネバーランド。永遠の子供でいることを望むピーターパンが愛する世界。人魚や海賊、ネイティブアメリカンや子供たち、妖精や野生の生き物が楽しそうに生活しているおとぎの国。

でも、私はそんなピーターパンになりたいわけじゃありません。あんなふうに、偽善者になりたいわけじゃありません。

私はただ、永遠に子供の心を持ち、少しのスリルと冒険に酔いたいだけです。

だけど、一人ではスリルも冒険も味わえない。だから、私は探すのです。

私のネバーランドに必要なフックを。でも原作のように、邪気に溢れた海賊フックでは駄目なんです。大人の心を持ち、正義感に溢れる偽善者のフックが必要です。私は、その偽善者フックと闘いながら、毎日を堪能したいんです。

仲間が欲しくないといったら嘘になるでしょう。

しかし、誰しもが私の価値観にはついていけない。ネバーランドと聞けば、永遠に子供である偽善者ピーターパンに憧れるのです。それでは、駄目なんです。もっと邪気を持ったピーターパンでなくては。

そんなネバーランドがあってもいいとは思いませんか？

神をも恐れぬ邪気を持ったピーターパンに、正義感溢れる偽善者フックとの闘い。ね？

見てみたくはありませんか？

見てみたいでしょう？

私にはわかりますよ。

あなたも本当は見てみたくて仕方のないことを。

辿り着いた場所は、山の中にひっそりと佇む、駅のホームだった。

廃線になったのだろう。かつては無人駅だったようだ。造りも昔ながらの殺風景なもので、赤い屋根がホームを取り囲むようについている以外、あとは目立つものは何もない。

腕時計に目をやる。時刻は、午後六時を回ろうとしていた。

何か別の駅名が書いてあったであろう木の看板は白く塗られ、油性ペンで「あの世逝き」と悪戯書きがされている。

しかし、廃線の駅だというのに、やたら人が多い。どこから湧いてくるのか、あちらこちらに人影が見える。

線路には、全体を真っ赤なペンキで塗られた電車が、二輌停まっていた。

「参加者の皆様、こちらにお集まりください！　さぁさぁ、こちらへ！　そろそろ出発しますからね。もたもたしている時間はないんです！　さぁ、さっさと私の許に集まってください」

男は大きな声でそう叫ぶと、両手をブンブンと振って見せた。ホームに点々としていた人影が、だらだらと男の許へ集まっていく。

「皆様！　さっさと！　急いで！　ここで時間のロスをしている暇はないんですよ！　さぁ、駆け足で！」

男に急かされ、だらだらと歩いていた人たちが男の許へと歩調を速めた。

「そうそう。何事もキビキビ動きませんとね。時間のロスになりますから！」

そう言うと、男は自分の周りに集まった人々を見渡した。

「1、2、3、4、5、6、7、8、9、10、11、12……」

目の前に集う人々を、背伸びして指差し数える。

「二十人とちょっとか。うんうん。なかなかのもんですね」

大きな独り言を言うと、男はニコッと微笑んだ。

「皆様、ようこそお集まりくださいました！　うんうん、これも私の実力の証なんですけどね。ホラ、だって皆様、ご自分ではあの世へ旅立てないでしょ？　今の社会は腐りきっていますからねぇ〜。皆様が私に縋《すが》りたくなるのもよくわかる！　でも、安心してください。今日、皆様は、この私の力で……って、あぁ！　時間がないのについつい熱弁してしまいました！　さっ！　皆様、さっさと開いているドアからご乗車ください」

男はそう言うと、首からかけている笛をピッピッピと鳴らしながら、集まった人々を二輌目の二つのドアから中へ入るように促した。

――コイツラは何なんだろうか？　留乃はいったい何をしにあの男についてここまで来たのだろうか？

列車に乗ることを躊躇している俺に男が言った。

「あれ？　アナタ、お乗りにならないんですか？」

「いや……、っていうか……」

「あ、怖気づきましたね？」

男の、またあのニマニマした笑みにムカつき、

「今、乗るところです！」

と、吐き捨てるように言い放ち、乗り込んだ。男は細い目をさらに細め、満足そうに半笑いを浮かべた。気味の悪い男だとは思っていたが、この男は生理的に受けつけない。

乗り込んだ二輌目には「快楽部屋待合室」と札が下がっていて、映画館のように座席が中央の通路を挟んで二脚ずつズラリと一輌目に向かって並んでいる。二輌目からは一輌目の中が眺められるように改造されており、連結部分の両脇にはテレビモニターがスピーカーと対になって据えられていた。一輌目を覗くと、敷き詰められた真っ赤な絨毯の中央に椅子が一脚だけ置かれ、左右の壁にはナイフ、電気鋸、出刃包丁、斧、ロープなどがフックにかかっている。

――なんだ？　この列車……。

不意にスピーカーから、あの男の声が聞こえた。

「皆様、お待たせいたしました。霊柩列車、発車いたします」

留乃に語りかけていた時より遥かに興奮しているのか、声が上ずっている。

そして、列車はゆっくりと動き出した。

――霊柩列車？

なんのことだかわからない。ホラー好きな奴らが集まるサークルのようなものなのだろうか？　乗客は、男のアナウンスにうっとりとした顔で、耳を傾けている。

男は、運転席からマイクを手に待合室に訪れると、誇らしげにスピーチを始めた。

「皆様、本日は霊柩列車にご乗車いただきまして、誠にありがとうございます。霊柩列車にご乗車いただいたからには、もう、大丈夫……。皆様に最高の死をお約束いたしましょう。行き着く先は死のみです。皆様は、私の力で、そう、この、私の力で！　快楽を味わいながら永遠の眠りにつけるのです。さぁ！　番号順に始めましょう！　今から、皆様にゼッケンを手渡しします。ゼッケンに書かれた番号をご確認の上、この世最期の時間を、心置きなくお楽しみください」

車内が、盛大な拍手に包まれる。男はマイクを口元から離すと、乗客に向かい会釈をして見せた。

――死？

何が起きているのだろうか？

何が起きようとしているのだろうか？

状況が呑み込めない。

男はいったん「快楽部屋」と札がかかった車輌に行きゼッケンを手にすると、再び待合室に現れ、乗客にゼッケンを手渡し始めた。

乗客は男からゼッケンを受け取ると、「ありがとうございます」と、深々と頭を下げる。

男は留乃の膝の上に、ゼッケンを置いた。留乃は怯えた様子でゼッケンを握り締めた。

「大丈夫。怖くなんてありませんよ」

男はそう言うと、留乃の肩をポンポンと叩いた。そのまま男は乗客にゼッケンを配り始めた。男が俺の前まで来る。

「どうぞ」

満面の笑みで一言そう言うと、男は俺にゼッケンを手渡した。

「あの……」

「何か？」

「死ってなんですか？　コレはどんな集まりなんですか？」

俺の問いに、男の切れ長の細い目が幾分か見開かれた。

「アナタ、参加者でしょ？」

「参加者？」

「ええ。望んでここに来たんじゃないんですか？」

「望んでっていうか……」

「自らの意思で、この列車に乗ったんじゃないんですか？」

――自らの意思？　たしかに、自らの意思で乗り込んだな。

「乗りましたけど……」

そう答えると、男は安堵したように吐息を漏らした。

「なんだ、びっくりさせないでくださいな。参加者ではないのかと思いましたよ」

参加者ではなく、留乃とこの男がこの列車に乗るのを見て乗り込んだだけだが、否定はしなかった。

「あの、それで、死ってなんですか？」

「え？」

「さっき、死って言っていたでしょう？」

「そのまんまの意味ですよ」

きょとんとした顔で、男が言う。

「そのまんま？」

「ええ。アナタも死にたくてこの列車に乗ったんでしょう？」

「死に……？」

「あ、もしかして、やっぱ怖くなっちゃいました？　それとも、まだ説明が足りなかったかな？」

　男は茶化すように顔を左右に動かしながら、俺の顔を覗き込んだ。

「あのね、痛みなんて丸っきりないんですよ。あるのは快楽だけ。死に方はお客さんのリクエスト通りにしますがね。ホラ、なんたって、お客さんの命なんだからね」

「イヒヒヒ」と、気味の悪い笑い声を出し、右に唇を引き攣らせて笑う。

「あぁ、すいませんね。あ、なんで快楽なのかって？　それはね、まぁ、この私の力っていうんですか？　自分で言うのもなんなんだけどね、私、天才なんですよ。あのね、開発しちゃったんですよね。快楽薬。あ、大丈夫、大丈夫、チェリーで試してますしね！　あっ、チェリーって私が可愛がってたマウスね。それはもう幸せそうな顔で旅立ちましたよ！　マウスだけじゃ不安？　大丈夫、大丈夫！　前回も上手くいってますから、効くのは保証つき！　でね、まぁ、私にしかできないボランティアを始めたってわけなんですがね」

　俺に答える間も与えず、男は語り続ける。よくこんな男と八時間以上も一緒にいられたものだと、留乃の我慢強さに感服する。

「あ、説明でしたね。失礼、失礼。あのね、今渡したゼッケンね。ええっと、あなたの場合は十三番か。快楽死はそこの快楽部屋で行います。さっきも言ったように番号順にね。自分の番が来るまでは、そこら辺の椅子に座って、お仲間のあの世逝きをじっくりとご観察ください。皆様のお好きな死に方で死ねるんですよ。絞殺あり、毒殺あり、刺殺あり……。滅多に真近で見られるものじゃありませんからね、退屈はしないと思いますよ。まっ、こんなもんで説明はいいかな？　わかりましたか？」

男が尋ねる。

「あの、今から……殺人が始まるってことですか？」

「殺人！」

両手で耳を塞ぎながら、男が叫んだ。

「キー！　ちょっとあなた！　なんて汚い言葉を使うんですか！　殺人だなんて、殺人だなんて、殺人だなんて……」

黄ばんだ歯で爪を噛みながら、男は呟き、俺を睨みつける。その余りの奇怪な様子に、背筋がぞっとする。

「す、すいません」

俺の謝罪を聞くと、男は一瞬で笑顔へと表情を変えた。七変化のような男だ。

「いいですよ。謝ってくれればそれで。誰にでも間違いはありますからね。ホラ、私って心広いから！　でも、二度とそんな下品な言葉は使わないでくださいね」

「あの、じゃあ、なんて言えば？」

男は右手の人差し指を立て、左右に振って見せた。

「快楽死！　さあ、ご一緒に！　か・い・ら・く・し！」

「……快楽死」

「そう！　快楽死！　あなた飲み込みいいですねっ！」

パンッと手を叩き、男は溢れんばかりの笑顔を浮かべた。

「それで、快楽死って？」

「あのね、時間がないので一回しか言わないから、ちゃんと聞いててくださいよ？」

まるで、子犬を調教するような口調。

「ここに集まった方々は皆、お一人ではあの世に逝けない！　だって、ホラ、死ぬのって痛かったり苦しかったりするでしょう？　まぁ、誰でも痛いのとか苦しいのとか嫌ですからねぇ。仕方ないですよ。でも、生きるほうが死ぬよりもっと辛い。だけど、どうしても死にたい。でも、死ねない。嫌〜ん、どうしよう！　そんな方々をお助けするのが、この私！　痛みも苦しみもなく、望み通りにあの世へ送ってさしあげるんだから、私ほどありがたがられるボランティアはいない！」

男は誇らしげに拳で胸を数回叩いて見せた。

――冗談だよな？

きっと、悪趣味な奴らが開くパーティーのようなものだと思った。今の社会でストレスを抱えていない奴なんていないないだろう。自分が死ぬという架空の出来事を創り上げることでストレスを発散するというゲームなのかもしれない。

――驚かせるなよ。

苦笑し、男に尋ねる。

「それで、誰があの世へ送るんですか？」

男はニィといやらしく笑う。

「Ｍｅ！」

「え？」

「Ｍｅ！　わ・た・し！」

人差し指で鼻をツンツンと二回突きながら、男が答える。

「じゃぁ、運転は？　あなた、車掌さんでしょ？　どうやって列車動かしてるんですか？」

もう一人列車を操縦している奴がいるのかと、運転席に視線を移すが見当たらない。

「自動運転機能ですよ！」

「自動運転機能？」

「ええ。この列車の前に、牽引車があるんですがね、見えます？」

「いや」

「そう。まぁいいや。それがこの列車を引っ張ってくれるようにセットしたんですよ。おぉっと！　時間がないので詳しい説明はできませんよ。まぁ、車と違って線路をまっすぐ走るだけですからね。もう廃線になってて、誰も使ってませんし、幸運にも、ある程度の距離までは走らせられるんですよ。ボランティアを行うにはもってこいの場所ってことです」

「この列車もあなたの持ち物なんですか？」

「いいえ、まさか。お国でしょうね。恐らくは。さっきのね、無人駅に捨てられてたんですよ。でも、まぁ、お国も忙しいですからねぇ。小さな列車一つ処分するのにも時間がかかるんでしょうねぇ。一年ほど前にね、見つけて改造して、今回で二回目ですがね。なんにも言われませんよ。まぁ、こっちはいいことに使用してるんですし、盗んでるわけでもないですから。なんの問題もないでしょう」

——勝手に改造して使用してれば、問題大ありだろう……。

そう思ったが、あえて口にはしなかった。話半分に聞き流し、苦笑した。

「もう、いいですかね？　本日は参加者も多いものでね。時間もあまりありませんので。あぁ！　もう十分も時間をロスしてしまった！　本日の参加者が二十二名、一人十五分として、約五時間三十分！　こりゃ大変だ！　急がなければ！　朝までに死体の処理ができない！」

男が金切り声を上げた。

「さぁ、さっきの説明で理解できたでしょう？」

イライラした様子で俺を見る。

「えぇ」

「じゃあ、そういうことで。失礼」

そう言って男は俺に向かい帽子を取ってお辞儀して見せると、残りの乗客にゼッケン配りを再開した。

男はゼッケンを乗客全員に配り終えると、快楽部屋に入っていった。

「では、皆様！　快楽死の始まりです！　さぁ、ゼッケン一番の方！　どうぞ、快楽部屋へ！」

男のアナウンスと共に、車輌内の灯りが消える。

♪ジャジャジャジャーン、ジャジャジャジャジャーン
突然、ベートーベンの「運命」が爆音で流れ始め、思わず耳を塞いだ。

さぁ、テストが始まりました。

私のネバーランドに招くことができるフックは、この中にいるのでしょうか？

ざっと見ただけでも、約二十人とちょっと。これだけの人がいてくれるならば、こ

の中からフックを見つけられるのではないでしょうか？

私は早く自分の創ったネバーランドで生きたいんです。でも、だからといって、妥協は一切いたしません。完全なるネバーランドを築き上げるためならば、私はなんだってします。

今はただ、この中に私が望む人材が隠れていることを祈るだけです。

前回のように、期待ハズレじゃなければいいのですが……。


「ゼッケン一番の方！　さぁ、どうぞお立ち上がりください！　さぁ、どうぞこちらへ！」

隣に座っている三十代の男が立ち上がった。細い指先で伸びきった髪をいじくっている、黒縁眼鏡が印象的な男だ。緊張した面持ちで、男は深呼吸を繰り返すたびに、ゼッケンの一番の文字が生き物のように伸縮する。

「さぁ、皆様、盛大な拍手で一番さんをお見送りいたしましょう！」

男の声に、車輌内が盛大な拍手に包まれる。

男はスポットライト代わりに、懐中電灯の灯りを一番に向けた。一番が眩しそうに目を細める。

「さぁ！　さぁ、どうぞ！　どうぞ、こちらへ！」

男が一番を促す。

「お先に失礼します」

隣に座っていた一番は俺に軽く会釈をすると、促されるまま快楽部屋に向かった。

快楽部屋に辿り着くとＢＧＭは止み、男はこの演出に満足気に頷き、高級レストランのウエイターのような振る舞いで一番を中央に置いてある椅子に座らせた。

「あの、本当に痛くないんですよね？」

囁くように一番が尋ねている。快楽部屋には集音マイクが取りつけてあるらしく、会話がスピーカーを通して聞こえてくる。

「大丈夫！　痛みなんて微塵もありません。何度も申し上げている通り、あるのは快楽だけですよ」

「本当に？」

「あなたも心配性ですねぇ。平気、平気」

イヒヒと笑いながら男が答える。

「本当に本当ですか？　私、痛いのだけは駄目なんです！」

一番が、男の裾を掴み言った。男はハァ～と吐息を漏らすと、

「じゃあ、その目で確認してみます？」

と、掴まれた裾を引っ張りながら一番に問うた。

「確認?」

「ええ。今、あなたにしようとしていることを先にマウスで試しますから。それだったらあなたも安心でしょう?」

「は、はい!」

「じゃ、ちょっと待っててくださいな」

面倒そうに言うと、男は運転席に回り、小さなダンボールを抱えて戻ってきた。クレヨンで〈マーガレットの部屋〉と書かれている。

「チュウチュ、チュウチュ、ホラ出ておいで。私の愛するマーガレットちゃん。出番だよ」

ダンボールに向かい、さっきとは打って変わった猫撫で声で男が声をかけると、中からチュウチュウというマウスの鳴き声が聴こえた。男は人差し指と親指でマウスを取り出すと、マウスの口をこじ開け、白い錠剤のカケラを飲み込ませた。

「ホラホラ、いい子だねぇ。さすがは私が育てているマウスだ。この子はマーガレット。ホレ、見てくださいな。おとなしくていい子でしょう?」

マウスを一番に向けた。一番は、ただ頷いた。

「よおく見ておいてくださいね?」

壁に設《しつら》えた透明の小箱から手術用のメスを取り出して言った。

「は、はい！」

「チュウチュ、あぁ可愛いマーガレット。今快楽を味わわせてあげるからねぇ。この私に飼われたおかげで、お前は快楽を味わうことができるんだ。感謝するんだぞ」

これ以上下がることなどないほど目尻を垂らした男は、イヒヒヒと笑い声を上げ、マウスの手を一気に切り落とした。マウスは鳴き声一つ上げず、男の手の中でうっとりとした表情を浮かべているようにさえ見える。

「どうです？　わかりましたか？　全然痛がってないでしょう？」

一番は安堵したように、浅く数回頷いた。

「よかったよかった。じゃぁ、マーガレットのあの世逝きを見守ってやってください」

そう言うと、男はマウスの首を一気に切り落とした。マウスは小さく「チュ……」と鳴いた。

――うげっ！　マジかよ。

「さあ、じゃあどうぞ、これを飲んでください。これこそが、私が開発した快楽薬です」

男が小さな白い錠剤を一番に手渡す。一番は錠剤を受け取ると口に含み、ゴクンと水なしで飲み込んだ。

「飲みましたか？」

「はい」

——サプリメントだろうか？　徹底してるな。

半ば呆れ、前方のテレビモニターを眺める。

「レディース・アンド・ジェントルマン！　霊柩列車の幕開けでぇ～す！」

男は大きく両手を開き、乗客に向かい叫んだ。

「さて、どんな方法であの世へ？」

「な、何があるんですか？」

「ん？　なんでもありますよ。刺殺、絞殺、毒殺……。オススメは刺殺ですがね。ホラ、血が吹き出ると派手でいいでしょ？　観てるほうも体験しているほうも楽しめますしね」

「じゃ、じゃあ、刺殺で」

「ＯＫ！」

男は人差し指と親指でＯＫサインを作って見せると、壁にかけられている斧や鋸、ナイフや包丁を指差した。

「どれでやります？」

「ど、どれがいいのでしょう？」

「ん～……。鋸とかだと、わりと早く死んじゃいますね。出血量が多いみたいでね。

私のオススメはね、コレなんですけどね」

男はそう言うと、ポケットからバタフライナイフを取り出した。

「いいでしょ？　コンパクトで。切れ味もなかなかのもんなんですよ」

「じゃ、じゃあ、それでお願いします」

頭を下げながら、一番が答える。

「そ？　じゃあ、コレでやりましょう。アラ、まだ緊張してますね。何回も申し上げる通り、痛みなんて微塵もありませんから！　あなたもその目で見たでしょう？　大丈夫、大丈夫。リラックスして！　この世の最期の時間を楽しみましょうよ！」

男が一番にウィンクをして見せた。

「は、はい」

「では、始めますよ？　心の準備はいいですか？　この世に未練は？」

「……ありません」

「じゃあ、始めましょう。……と、待った。大事な行事を忘れていました」

「大事な行事？」

「ええ。霊柩列車ではね、死ぬ前に、なぜ！　あなたが死にたいのかをお聞きするんですよ。そのほうが観客の皆さんのお気持ちもグッと一つになれるっていうかね」

「そ、そうなんですか」

「ええ、そうです。このバカげた世の中じゃ、生きているのが嫌になるのも当然なんですけどね。まぁ、お嫌じゃなかったらお聞かせください」

そう言うと、男は金色に塗られたおもちゃのマイクを一番に差し出した。一番は躊躇する間もなく、マイクを受け取った。

「わ、私は、小学生の頃からずっといじめられてきました！　何も、何もしていないのに、存在するだけで気持ちが悪いだの、死んだほうが世のためだの、さんざんなことを言われて過ごしてきました！　勉強を頑張って、いい大学に行き、いい会社に入れば何か変われると思っていたのに、何一つ変わらなかった！　会社では上司にいびられ、同僚には厄介者にされ、おまけに本気で愛した女性にまでも裏切られた！　そりゃあ、美智子《みちこ》は、その愛した女は、ホステスをやっていました！　私の他にも何人かの男と親しくしていました！　だけど、美智子は言ったんです！『あれは全部仕事。プライベートで本気で愛しているのはあなただけだ』と！　なのに、なのに美智子は、俺からふんだくれるだけ金をふんだくり、姿をくらましやがった！　私は！　私はもう、誰も信用なんかできない！　もう、こんな世の中で生きていたくないんです！」

叫ぶような演説を終えると、一番はマイクを離した。

「以上ですか？」

男が問う。

「はい」

「どうです？　スッキリいい感じでしょう？　死ぬのが数倍楽しみになったでしょう？」

男の言葉に、一番が頷く。

「そうでしょう、そうでしょう。これを考えたのも私なんですよ」

誇らしげに男が言う。

「ありがとうございます」

「いやいや、いいですよ。お礼なんて」

そう言いながらも、男はより一層誇らしげな笑みを浮かべた。

「じゃあ、そろそろ始めましょうかね」

「はい」

「では……」

男の握っているバタフライナイフの刃が、一番の腹に当たる。

「いいですね？」

「は、はい！」

一番が、ぎゅっと目を瞑る。

「せぇ～の！」

かけ声と共に、グサッという音を立て、一番の腹にナイフが突き刺さった。

「ぎゃぁははははっ！」

発狂したように、一番が笑い出す。

男は、いったんバタフライナイフを一番の腹から抜くと、再び腹に刺し込んだ。一番の腹から血が飛び出る。

「ぎゃははっ！　ぎゃぁははははっ！　もっと！　もっとしてくれ！　もっと刺してくれぇ！」

一番の叫び声が響き渡る。

「どうです？　気持ちいいでしょ？」

「いい！　いい！　最高だ！」

「ねぇ？」

男は腹からバタフライナイフを抜くと、今度は太股目がけ、勢いよく刺し込んだ。

――冗談だよな？　コレ、冗談だよな？

飛び出ているのは血のりに違いない。そう思ったが、どう見てもバタフライナイフは一番の身体を切り裂いている。

――嘘……だろ。マジかよ……。

他の乗客に目をやる。みんな、うっとりとした顔でテレビモニターを見つめている。

「さぁ、もっと派手にいきましょう！」

男は太股からバタフライナイフを抜くと、今度は一番の首に刺し込んだ。

「ぎゃははっ！　がははっ！　ここまで気持ちいいとは思わなかった！　素晴らしい！」

まるで踊り出すように、一番の身体がくねる。

「いいですかぁ〜？　いきますよぉ〜！」

男は首に刺さったバタフライナイフを右方向にゆっくりと動かし始めた。

グチョッという低音が響く。

一番の身体が、激しい痙攣を起こす。

「どうですかぁ？　最高でしょう？」

快楽部屋が血に染まる。一番はもはや声さえ出せず、ただ笑みを浮かべ、口をぱくぱくと動かしている。

「さぁ、クライマックスだ！」

男の握っているバタフライナイフが、一気に一番の喉を切り裂いた。

グチャッという音が響くと、一番は床に倒れ込んだ。

「終〜〜〜了!!!」

男の叫び声が、響いた。

「皆様、一番さんがあの世へ参りました。一番さんのご冥福を祈り、手を合わせて差し上げましょう」

男はそう言うと、掌を合わせて見せた。男に続き、乗客も手を合わす。

「さて、死体はここにあったら邪魔ですから、そちらにお運びします」

男が一番を持ち上げる。

「この方軽いから大丈夫ですけど、もっと重い方だと私一人じゃ運べませんから、その時は皆様にもご協力お願いするんで、よろしくお願いいたします」

一番を肩に担ぎながら男が待合室の扉を開いた。最前列の席に一番を座らせる。他の乗客が一番の許まで歩む。

――嘘だ……。嘘に決まってる……。

立ち上がり、割り込むようにして一番が見える位置に身体を滑り込ませた。

そこには、目を見開き、満面の笑みを浮かべた死体があった。

「……死んでる」

――コ、コイツら、本気だ……。

戦慄が走る。

死体を前に、初めてここにいる人間が集団自殺を図ろうとしていることを受け止めた。

――マジだったんだ。さっき、あの男が言っていた言葉は全部本当だったんだ！

男に視線を送る。男は、ニヘラニヘラと半笑いを浮かべ、一番の死体を眺めている。

――やべぇ！　逃げなきゃ！

急いで扉のほうへ走ったが、留乃が乗っていたことをはっと思い出す。本当は、一刻も早くこの列車から脱出したいが、いくらなんでも留乃を見殺しにはできない。仕方なく一番に群がる乗客をかき分け、隅に座っている留乃の許まで駆け寄った。

「留乃！」

俺の声に、留乃の身体がビクッと反応する。

「だ、誰？」

怯えた顔で留乃が問う。

「俊介」

留乃の手を取る。

「俊介君？」

「あぁ」

「どうして、俊介君がここにいるの？」

震えた声で留乃が尋ねる。

「駅で、お前があの男と歩いて行くのを見たからつけて来たんだよ」

「……心配してくれたの？　それでここまで来てくれたの？」

「あぁ」

留乃の手が震えている。

「どうして死のうとなんて？」

顔面蒼白になっている留乃に問う。

「わ、私……」

留乃の頬に、大粒の涙がつたう。

「俊介君に嫌われちゃったと思ったら……、笑い方がわからなくなっちゃって……。い、生き方がわからなくなっちゃって……。あんなこと……、愛してるなんてこと、言わなきゃ……。嫌われるのが一番つらい、つらかったの。そ、それで……」

「いつ、俺がお前のこと嫌いだなんて言ったよ？　勝手に被害妄想してんじゃねぇよ！」

「だって……」

留乃を抱きしめる。腕の中で、留乃が震えている。

「俊介君、私のこと、嫌じゃないの？」

「嫌じゃ……ないよ」

「でも……」

「ごめん、俺、きっと留乃に嫉妬してたんだ」

「え？」

「よくわかんねぇんだ、俺にも。でもな、たぶん皆に愛されて生きているお前が羨ましかったんだよ。きっと……」

「俊介君……」

「とにかく留乃、死のうとなんてするな！　死ぬなんてバカなこと考えるな！」

「ごめんなさい。私、今までどんなにつらいことがあっても、死のうとなんて思わなかったのに……。でも、俊介君に嫌われちゃったんだと思ったら、私の気持ち、迷惑でしかないんだと思ったら、もう生きる気持ちすらなくなっちゃって……。弱虫になっちゃって……。私にとって、俊介君への想いは身体の、心の、生活の一部だったから……。ごめんなさい。ごめんなさい……。でも、どうしても生き方がわからなくなっちゃったの。俊介君に嫌われちゃったら、俊介君がいなかったら、私、私……」

　涙を流しながら、留乃が言う。

「わかったから、もう泣くな。な、もう帰ろう」

「ごめんなさい。ごめんね。ごめん……」

「俺こそ、ごめん。お前が俺のこと好きなの知ってて、わざと酷いこと言って傷つけた」

「俊介君……」

「俺は、どうやったら人を愛せるのかわからない。愛がどんなものかもわからない。でも、お前は死なないで欲しい。生きてて欲しい。っていうか、簡単に死ぬなんて考えるなよ。お前が死んだら、親父さんもお袋さんも泣くぞ！」

「うん」

留乃を抱きしめる腕に力を込める。

「でも俊介君、私が俊介君のこと好きでいるの、迷惑じゃないの？」

「あぁ……、迷惑ではないよ」

「本当？」

「あぁ！　一回聞いたらそれでいいだろ！」

留乃が俺の背中に手を回す。

「留乃、降りよう」

「私、また、上手に生きられるかな？」

「生きられるよ。っていうか、生きろよ！　だから、降りよう？　降りるぞ！」

「……でも、私……」

「でもじゃねぇよ！　お前が死にたくても俺は生きたいんだ！　お前一人置いて降り

るわけにはいかねぇだろう！　俺のこと好きなら、一緒に降りろよ！」

　俺の言葉に、留乃が頷く。

「留乃、降りるぞ？」

「……うん。降りる。私が間違ってた……。ごめんなさい」

　そう言うと、留乃は頬につたわる涙を拭った。

「ちょっと、待ってろ」

「え？」

「この列車、そんなに速く走ってねぇんだ。もしかしたら、飛び降りられるかもしれない。怪我すっかもしれねぇけど死ぬよりマシだろ」

　留乃を残し、窓まで駆け寄る。窓を開けようと力を入れたが、開かない。全ての窓が開かないように枠に溶接されていた。

――マジかよ……！　ドアは？

　急いでドアへ駆け寄り、こじ開けようとする。が、どんなに力を入れてもビクともしない。

――仕方ない。交渉しかないか。

　留乃の許へ歩む。

「駄目だ。窓も扉も開かないように細工してある。密室状態だよ。仕方ない、アイツに交渉しに行くぞ。立てるか？」

「う、うん」

留乃の腕を掴んで立たせ、死体を前にハイエナのように群がった乗客をかき分けて男の傍らに辿り着く。

「あの、話があんですけど」

腕を組み、突っ立っている男に声をかけると、「ん？　なんですか？」ときょとんとした顔で、男が言う。

——コイツ、人一人殺しておいて、なんで平常心なんだよ。

男に本物の恐怖を抱く。男の細く窪んだ目をしっかりと見ながら、恐怖を悟られないように、ゆっくりと言葉を発する。

「俺たち、この列車降りたいんです。どこかで止めてください」

「は？」

男は人差し指で耳をかっぽじると、

「なんですって？」

と、聞き返した。緊張が、身体を強張らせる。

「あの、だから、降りたいんです。この列車から……」

「なんで？　どうして？」

「俺ら、死にたくないんですよ」

留乃の手を強く握る。

「俺ら？」

男は呟くようにそう言うと、俺から留乃に視線を移した。

「アラ、あなた、どうしたんですか？　死にたいんでしょう？　死にたいから私と一緒に来たんでしょう？　今さら、どうしちゃったんです？」

「わ、私、やっぱり生きたいんです！　ごめんなさい！」

留乃が男に謝る。男は眉間に皺を寄せ、再び腕を組んだ。

「困りましたねぇ。そんなに簡単に意思を変えられちゃ。私、何回もあなたに聞いたじゃないですか。本当に来ますかって。何回も何回も何回も何回も聞いたんですよ？　それでもあなたが来るって言うから、私、あなたをここまでお連れしたんですよ？　それなのに今さら降りたい？　あなたが望んでこの列車に乗ったのに？」

「はい。でも、でも、ごめんなさい！　だけど私、やっぱり生きていきたいんです！」

留乃は男に深々と頭を下げた。俺も一緒になって頼み込む。

「お願いします！　降ろしてください！　俺ら、死にたくないんです！」

男は「はぁ」と、声を出したため息をついた。

「あなたは、いったい何なんですか？　あなたたちお知り合いなんですか？」

「幼馴染です」

「ふぅ〜ん。幼馴染のあなたが、どうしてここにいるんです？　あなた、参加者じゃなかったんですか？」

男が尋ねる。

「俺は、今朝、あなたが駅で留乃……、コイツに話しかけてるのを見て、ついて来ただけです」

「なんですって！　じゃあ、参加者じゃないじゃないですか！」

男の声が一オクターブ高くなる。

「参りましたねぇ。ここは参加者以外立ち入り禁止なんですよぉ！　まったく！　不法侵入ですよ！　っとに！」

「チッ」っと舌打ちする男。

「すみません！　でも、降ろしてください！　お願いします！」

「駄目ですよ！」

ピシャリと、男が言った。

「この列車に乗ったからには、行き着く先は死のみなんです。リタイアは許されません！」

「でも！　俺らは生きたいんです！」

「駄目です！　例外は認められません！」

男はそう言うと、俺に背を向け歩き出した。

「待ってください！」

男の肩を掴む。

「なんですか！　しつこいなあ！」

男は俺の手を払いのけ、怪訝な顔を留乃に向けた。

「だいたい、なんであなたは生きたくなったんですか？　さっきまで、死にたい死にたい言ってたじゃないですか」

「それは……」

「愛した相手に裏切られたんでしょう？　あなたの愛を邪険にされたんでしょう？もう、生きてたくないんでしょう？」

「さっきまでは、そうだったんです！　でも、間違いだったんです！」

「間違い？」

「はい。私の思い込みだったんです！　違うってわかったんです！」

「なんで違うってわかったんですか？」

「それは……」

言葉を詰まらせる留乃を見て、男が俺に視線を移す。

「もしかして……。あなたなんですか？　彼女が愛している人って」

男が俺の顔を覗き込んだ。

「はっは～ん。わかりましたよぉ。あなたなんですね。まぁまぁ、おかしいと思ってたんですよね。アイドル顔負けの顔立ちをした、容姿端麗なあなたみたいな人がこの列車に乗ろうとするなんて。あなたみたいなルックスだったら、女も選り取り見取りでハーレムでしょう？　毎日ウハウハでしょう？　楽しくって仕方ないでしょう？　ったく……。あれ？　でも、どうしてあなた、彼女を引き止めるんです？　彼女のこと、愛してないんでしょう？　彼女の愛を邪険にしたんでしょう？　愛してるんですか？　彼女のこと」

「…………」

「あれれ？　ホ～ラ、答えられないじゃないですか。愛してないんでしょう？　彼女があなたに抱く愛に困っているんでしょう？」

「……困ってはないです」

「じゃぁ、彼女のこと愛してるんですか？」

「それは……」

「あ、もしかして、自分でもわからないとか？」

男がいやらしい笑みを浮かべる。

「そうなんですね。わからないんですね。なあ〜んだ。そうか、そうか……」

まるで難問を解いたように、男の顔に誇らしげな笑みが浮かぶ。何も言い返せない俺を見て、男は尖った顎を指で触りながら、クスクスと小さく笑った。

「……降ろしてください。どこでもいいですから、今すぐ降ろしてください」

九十度頭を下げ、男に頼み込む。

「だから、さっきから言ってるでしょう。駄目なものは駄目なんですよ」

「生きたいんだ！」

男の腕を掴むと、思いっ切り払われた。

「駄目ったら駄目です！」

「頼みます、お願いします！　死にたくなんかないんです！　生きたいんだ！」

男の頬から赤みがすっと消えた。

「なんでそんなに生きたいんですか？」

男の冷たい目が、俺を捕らえる。

「なんでって……」

――生きることに理由が必要なのだろうか？　この世に生を受けたからには、終わりが訪れるまで生きる。嫌なことがあったって、嫌なことばかりだって生きる。それが、俺ら生物の務めだろ。

「理由なんかない！　人は生きるようにできているんだから！　そういうアナタは、なぜ人を殺すことができるんだ？」

「殺す!?」

男が、俺の言葉に過敏な反応を示す。

「さっきも言ったでしょう！　ここで、この神聖な場で、殺すなんて汚らわしい言葉を使わないでください！」

「でも、殺しじゃないか！　実際に、あんたが手をかけ、人が死んでるんだぞ！」

「彼は、望んであの世へ旅立ったんですよ。そう、旅立ち！　旅立ちですよ！　これは殺しなどではない！　永遠の旅行なのです！」

「俺らは、永遠の旅行なんてしたくないんだ！」

掴んだ手に力を込める。男は掴まれた手を払うと、二歩歩み、留乃に近づいた。

「お聞きしますが、あなたは幸せなんですか？」

男が留乃に問う。

「え？」

「あなたは生きていて幸せなんですかと、聞いてるんですよ。こんな言い方は大変失礼だが、あなたは目がお悪い。生活でも不便を感じることばかりでしょう？　この先、ずっとそんな生活を送ることがあなたにとって幸せなんですか？　と、お聞きしているのですよ」

　腕を組みながら男が留乃を見る。その態度からは、「幸せじゃありません」と、留乃が答えるものだと思い込んでいるのがよくわかる。

「どうですか？　幸せですか？　ずっと、不自由な生活を続けていくことが、アナタにとって幸せなんですか？」

　男の言葉に俯いていた留乃がゆっくりと顔を上げる。

「幸せです」

　穏やかな、優しい口調で留乃が答えた。

「え？」

　即座に男が聞き返す。

「幸せなんですか？　不自由な生活を余儀なくされているのに？」

「ええ。私は、幸せです。両親から愛情を受けて育ち、友達もいる。好きな人を愛することもできました。その愛が実らなくても、私は、その人を、俊介君を愛せただけで満足です。生まれてきたことに、感謝しています。目が見えなくても、私はとても幸せです」

「そ、そんな……」

「お願いします。この列車から降ろしてください。俊介君と二人で、この列車から降りたいんです。これからも、命ある限り、ずっとずっと生きていきたいんです」

「で、でも……」

男が躊躇っているのがわかった。男に頷かせるのは今しかないと思い、留乃に続き俺も説得を始める。

「お願いします！　ここでのことは、絶対に他言しません！　警察にも、絶対に言いませんから！　降ろしてください！　俺らを、降ろしてください！」

留乃と共に、深々と頭を下げる。

男が頭を抱える。

「そんな！　そんな！　そんな！　だってだってだって……。リタイアは許されない。リタイアは許されない。リタイアは許されない……」

ブツブツと呟きながら、男は爪を齧る。薄い唇が、わずかに痙攣している。

「降ろしてください！　お願いします！」

「お願いします！」

俺の後に続き、留乃も叫ぶ。

男は俺と留乃を交互に見ながら、さらに爪を齧り続ける。

「でも、そんな、だって、私は皆様のためにこの霊柩列車を創り上げたわけで……。ここにいる人々は皆、死にたい人で……。それなのに、生きたいだなんて、降ろしてくれなんて……。そんな、そんな前例は今までなかったし……」

　男の呟きが大きくなる。男はガジガジと音を立て、爪を齧り続ける。黄ばんだ歯が露になる。先ほどまで平常心でいたのが嘘のように、男は頭を抱えたまま、俺と留乃を交互に見つめ続ける。

「降ろしてくれ！　俺らは正式な参加者じゃないんだ！」

　さっきよりも力強く、男の両腕を掴んだ。男はビクッと過敏な反応をする。

「わ、わ、わかりました！　では、テストに合格できたら、あなたたちを降ろして差し上げましょう！」

「テスト？」

「ええ、テストです！　何もなしに『はい、そうですか、どうぞ』なんてわけにはいきませんからね。それなりのテストをお出しします。そのテストに合格できたら、無事、降ろして差し上げます」

　男は俺の手をどけ、三歩後退し、深呼吸を繰り返した。

「テストって？」

　男に問う。男は平常心を取り戻そうと、まだ深呼吸をしている。

「テストってなんだよ？」

「ちょっと待ってくださいよ！　私が今、考えてますから！」

甲高い声でそう叫ぶと、男はしゃがみ込んだ。

それから数分間、男は一番の死体一点を見つめていた。「私は間違っていない。私は間違っていない。私は間違っていない」という呟きが聞こえていた。

――コイツの精神状態は普通じゃない。いや、ここにいる全員、皆、狂ってる！　狂いまくっている！　下手に逆撫でしないほうがいい。与えられたテストに合格し、一刻も早く留乃を連れて脱出するしか方法はない！

パンッ！

突然、男は手を叩くと、立ち上がり、俺らの前まで歩んだ。

「いいことを思いつきました！　テストはコレにしましょう！」

唇を引き攣らせ、不気味な笑みを浮かべる男。平常心に戻ったらしい。

「何なんです？」

男に聞く。

「あなた方、生きたいんですよね？　この素晴らしい列車から愚かにも降りてしまいたいんですよねぇ？」

「はい！　俺らは降りて生きていきたいんです！　降ろしてください！　お願いします！」

「じゃあ、あなた方お二人で、この参加者さんの中から、あなた方が説得し、あなた方のように生きたいと思う人間を二名見つけてください。二名説得することができたなら、あなた方とあなた方が説得した二名の合計四名を、この列車から降ろして差し上げましょう」

「本当ですか？」

「えぇ。でも、あなた方が説得を続けている間も、快楽部屋では快楽死を行いますからね。もし、あなた方の順番になっても、二名見つけることができなければ、その時はゲームオーバー！　生きたいと言っても、死んでいただきます。よろしいですね？」

男が俺の着用しているゼッケンに目を向ける。

「十三番。うぅ～わ！　不気味な数字ですねぇ～。十三日の金曜日～！」

イヒヒヒヒヒッと不気味な笑い声を立てる男に苛立ちが湧く。今すぐにでもぶっ倒してやりたい衝動にかられる。しかし、そんなことをすれば降りられるものも降りられなくなる。俺たちに味方はいないのだから。

「あなたは？」

男が留乃に視線を向ける。

「あれ？　ゼッケンはどうしたんです？」

「さ、さっきまで座ってた椅子に……」

急いで留乃が座っていた椅子まで駆け寄り、ゼッケンを手にする。

「何番ですかぁ～？」

男が俺に向かい尋ねる。

ドクッドクッと、心臓が早鐘のように激しい脈を打つ。もし、留乃の番号が二番や三番なら……。

俺らは死ぬしかない！

「何番なんですかぁ～？」

男が俺に向かい、叫ぶ。

ゆっくりと、ゼッケンを広げる。

「……九番」

男がさっき言っていた通り、一番が死ぬまでの時間が約十五分だった。留乃の番号は九番。与えられた時間は、約、百五分。この死ぬことしか頭にない連中を、一時間四十五分で二名、説得しなくてはならない。

時間がない！

「何番だったんですかぁ～？　教えてくださいよぉ～！　あ、まさか、二番だったとか？　だとしたら、もうここでゲームオーバーですね」

頭を左右に振りながら男が言う。

返答の代わりに、留乃のゼッケンを広げて見せる。

「……九番ですか……。イヒヒヒヒ、死人番号ですね。九番に十三番！　イヒヒヒヒ……不気味ですねぇ～」

男はそう言うと、快楽部屋からマイクを手にし、乗客に向かってスピーチを始めた。

「えぇ～、皆様！　なんと、とても嘆かわしいことですが、この中に生きたいと言い出した方が二名いらっしゃいます！」

男のスピーチに車輛内が一気にざわめく。

「なんと！　今すぐこの列車を止め、降ろしてくれと言っています！」

と同時にブーイング。

「まぁまぁ、お怒りはごもっとも！　こんな素晴らしい神聖なパーティーを台なしにする、なんとも嘆かわしい言葉です。本来ならば、絶対、リタイアなどは認められないのですが、そのうちのお一人が正式な参加者ではなかったことを考慮し、お二人にテストをお出しました。テストっていうか、試練？　みたいなものです！　そのテストに合格したら、合計四名がこの霊柩列車から生きたまま降りることになります！」

乗客はさらにヒートアップし、車輛内がブーイングの嵐に包まれる。

「どいつが、そんなこと言ってるんだ！」

「冗談じゃないわよ！　せっかく盛り上がってきたのに！」

「気分を害させるなぁ！」

「私は死にたいんだ！　一刻も早く死にたいんだ！」

「ふざけんなっ！」

「バカヤローはどいつだ？」

――嬲《なぶ》り殺しにされるんじゃないか？

それほどまでに、乗客の怒りは激しい。

「まぁ、皆様、落ち着いてください！　そのテスト内容を今からご説明いたしますから」

スピーカーを通して男の馬鹿デカイ声が響き渡った。

「どんな内容なんだよ！」

「そんな奴、番号関係なくとっとと殺しちゃおうぜ！」

「簡単なものじゃないでしょうねぇ！」

「生きたいなら、最初から乗るんじゃねぇよ！」

「ねぇ、車掌さん、どんな内容なの？　そのテスト」

乗客が男に向かい、口々に言葉を発する。男は両手を大きく上げ、上下に動かしながら、

「ですから、今からご説明致しますから！　ご静粛に！」

と、苛立ちを隠せない乗客に向かい言った。ヤジを飛ばしていた乗客が口を閉じると、静まりかえった車内には車輪が立てる規則正しい音だけが響いている。

男はマイクを口元に当て、ゴホンッと一回咳をして見せると、乗客に向かい説明を始めた。

「私も、皆様と同じ気持ちです！　こんな素晴らしい薬を開発できるのは、この世で私ただ一人なんですよ！　皆様に快楽死を与えてあげられるのは、この私の開発した薬によってなんです！　世の中は腐っている！　腐りきっている！　そんな世の中で、皆様は生きてゆきたいですかぁ〜？」

男が、マイクを、乗客へ向ける。

「生きてたくなんかなぁ〜い!!!」

乗客が、男の問いに答える。

「死にたいですかぁ〜？　皆様は、この偉大な私の力を借り、快楽を味わいながら死んでゆきたいですかぁ〜？」

再び、男は口元からマイクを離すと乗客へ向けた。

「死にた〜い！　快楽を味わいながら死にた〜い！」

若い女の声が車輌内に木霊する。

「だけど、誠に残念なことに、この中に二名、生きたい、死にたくないと言うお方がいらっしゃいます」

ブーブーブー！　と、乗客は親指を下に向け、再びブーイング。

「まぁまぁ。先ほども言いましたが、その中のお一人は参加者ではなかったのです！本来、霊柩列車は、メールで申し込み書をお送りくださった方のみしか参加できない決まりなのを、皆様もご存知ですよね。しかし、もう一人の方は目がお悪いため、私が今朝、駅のホームでお誘いして連れてきた方なんです。その方、どうも気持ちが変わってしまったみたいでねぇ。仏心を出して、例外を認め、お連れしたのですが、こんな結果になってしまいました。誠に残念です！　私は裏切られたような気持ちでございます！　全くもって残念！」

そう言うと、男は留乃を睨んだ。乗客の視線が留乃に集まる。

視線を感じたようで、留乃は俯き、下唇をぎゅっと噛むと、小さな声で「ごめんなさい」と呟いた。泣きすぎて、目が真っ赤に充血している。

「……と、いうことで、降りたいならばテストに合格してみろってんでね、テストをお出ししたんです。あ、コレ、さっきも言いましたね。失礼、失礼。えぇ～っと、テストの説明でしたね。えっとですねぇ、今から、そのお二人が、皆様に『生きよう』と説得を始めます。いないとは思いますが、万が一、いや、億が一、皆様の中からこのお二人のように、『生きたい』と望む者が現れた場合は、彼らの勝利です。霊柩列車を一度停め、合計四人を下車させます。もちろん、その間にも快楽部屋では快楽死を続行します。彼らお二人のゼッケンの番号は、九番と十三番。もし、彼らの番になっても二名説得できなかったなら、そこでゲームオーバー！　彼らには、死んでいただきます」

男は口元からマイクを離すと、乗客に向かい、ウィンクをして見せた。

「この中に、『生きたい』なんて心変わりをする方がいるはずなんてない！　大丈夫、なんの問題もありませんよ！」

そう言うと、男は快楽部屋の中へ入っていった。


あらあら、毛並みの違う犬が一匹、紛れ込んでいたようですね。

コレは、面白くなりそうです。

彼がどこまで私の期待に応えてくれるのか……。

見物ですね。

もしかしたら、彼こそがフックなのかもしれません。生きることに固執したフックっていうのも、なかなか面白いではありませんか。

ここはもう少し、彼の様子を傍観させていただきましょうか。

彼がフックに相応しい人材であることを祈って……。


再び灯りが消え、ベートーベンの「運命」が流れ出す。

「さぁ、もたもたせずに、始めましょう！　時間がありません！　ゼッケン二番の方、どうぞこちらへ～」

二番が立ち上がる。四十過ぎの、体格のいい、ボサボサな頭をした女性だ。半袖のシャツから露出した腕は、まるで大きなハムのようだ。顔には生気など微塵もなく、早く死にたい、早く死にたい、と両頬に書いてあるように見える。

二番は躊躇いもなく、快楽部屋へと入っていった。

時間がないっ！

「留乃！　行くぞ！」

留乃の手を強く握る。

「うん」

「立てるか？　杖、いるか？」

「こうして手を繋いでもらってれば、杖なくても大丈夫だよ」

「じゃぁ、俺が杖代わりになるから！　お前、この手、絶対離すんじゃねぇぞ！」

「うん！」

留乃は大きく、力強い声で答えると、俺の手を強く握り締めた。

残り時間、約、百五分。

3　ゲームスタート

「さぁ、皆様！　快楽死、第二弾の幕開けです！」

男の声が、車内に響き渡る。

「さぁ、あなたは、どんな方法であの世へ逝きたいですか？」

「一番、激しい、派手なもので……」

薄ら笑いを浮かべながら、二番が言う。

「そうですか、じゃあ、こんなのはいかがですか？」

男は、あのマウスの首を落としたメスを手にすると、二番の目の前に差し出して見せた。

「メス……ですか？」

「そう、あなたの性別と同じ、メスです！」

男はつまらないジョークを口にすると、一人でイヒヒヒと笑った。

テレビモニターから視線を逸らし、留乃の手を引きながら、椅子に座っている乗客に話しかける。

「降りましょう！　死ぬなんて、弱虫のすることです！　生きてればどうにでもなる！　今は辛くっても、生きていれば必ずいいことがあるから！」

「うるっせぇ〜なぁ〜。話しかけてくんなよ！」

着用しているゼッケンに、四番と書かれた男は、俺と留乃を睨みつけながら言った。

茶髪で、プロレス団体のロゴが大きくプリントされた黒のTシャツに短パンという格好。小さいクルリとした目の下に泣きボクロが一つ、二十代前半の男だ。身長のわりにすらりと長く伸びた腕は筋肉質で、鍛え上げられているのがよくわかる。それが狸のような顔立ちとのギャップとなって目立った。

「あっち行けよ！　さっきから、うざいんだよ！　お前ら！」

四番はしっしっと掌を動かして見せた。

「でも！　生きましょうよ！　生きて、ここから……」

「うるせぇって言ってるのが、わからねぇのかよ！」

四番が怒声を発する。

「俺はなぁ、サラ金に五百万の借金があるの！　明日中に返さないと、どうせ殺されるんだよ！　どうせ死ぬなら、快楽味わいながら死んでいったほうがいいだろうが！」

「借金？」

――バカじゃん、コイツ！　死ぬことができるんだったら働いて返せるだろう。自分でこさえた借金だろうが。

「そんなに死にたいのか？」

四番に問う。四番は俺を睨みつけたあと、俺の肩に手を回してきた。

「じゃあ、お前が俺の代わりに払ってくれる？」

耳元で、四番が囁く。

「俺の代わりに、五百万全部払ってくれるわけ？　明日までに全部。ねぇ？　払ってくれるわけ？」

――五百万……。

「払えるのかよ？　おい」

――親父に頼めばなんとかなるか？　いや、それだけは絶対嫌だ。助けを求めるくらいなら、死んだほうがマシだ。だいたい、理由を説明しても親父たちが信じるはずがねぇ。それに、たとえこの男の代わりに五百万を支払ったとしても、コイツはハイエナのように次々と金を要求してくるに決まってる。『誰のお陰で命が助かったと思ってるんだよ！』って具合に。多分、コイツが生きる限り一生。

「……できません」

唇を噛み締め、四番に言う。俺の返答を聞くと、四番はニィと白い歯を見せ、笑った。

「だろ？　できねぇだろ？　だったらよぉ、理由も知らねぇのに気安く生きようなんて言ってんじゃねぇよっ！」

ガッ！

四番の鉄拳が、俺の頬を直撃する。

「消えろ！」

鈍い痛みに、頭がクラクラする。

「俊介君！」

その場にヘタリ込んだ俺に、留乃が叫ぶ。

「どうしたの？　俊介君！　大丈夫？」

「あぁ」

留乃の手を握り直す。

「大丈夫。なんでもない」

「本当？」

「あぁ」

心配そうな顔をし、留乃が俺の背中を摩る。

「こんなところでメロドラマしててんじゃねぇよ！　マジでうぜぇんだよ！　お前ら！」

そう言うと、四番は俺に向かい、唾を吐いた。

「さて、では、メスで参りましょう！　皆様、二番さんの快楽死、幕開けです！」

スピーカーから男の声が響いた。

男は、血に染まった手袋を脱ぎ、新しく白いゴム手袋をはめ直すと、右手でメスを握り締めた。

「どこから切りますぅ？」

「えっと、ま、まずは、手から……」

二番はそう言うと、右手首を男に向けた。二番の手首に、幾つもの傷跡があるのが見えた。

「あら、あなた、リストカッター？」

「は、はい」

「まぁまぁ、ずいぶんと苦しんだようで……。お気の毒に。でも、もう大丈夫ですよ。あなたは私のお陰で、快楽を味わえます」

「は、はい！　ありがとうございます！」

二番は、男の言葉に安堵したような顔で、礼を言った。

俺には、ここにいる人間の気持ちなどわからない。しかし、二番は、まるで迷子になった子供が母親を見つけ出した時のように安心した顔で、男が握るメスを見つめている。

「では、どうぞ。コレが快楽薬です」

男が錠剤を二番に差し出す。二番はありがたそうに手を合わせ拝んだあと、錠剤を口に含んだ。

「飲みましたか？」

男の問いに、二番が頷く。

「では、スピーチを」

男が二番におもちゃのマイクを差し出すと、二番は深く頷きマイクを受け取った。

「私は！　わ、私は！　事故で両親を早くに亡くしました！　それからというもの、私は親戚の家をタライ回しにされながらも、なんとか生きてきました！」

二番がスピーチを始める。俺は留乃の手を取り、四番から離れ、テレビモニターを見つめている乗客を見渡す。

「大人になれば、いいことがある！　必ず幸せになれる！　いつか、私を愛してくれる人に巡り会うことができる！　それまでの辛抱！　今は辛くても、頑張って生きていこう！　そう思い、必死に生きてきました！」

右端に、着物を纏い、白髪を一つに結い上げて、優しそうな顔をした一人の老婆を見つける。もう八十を越えているだろうか？　腰が曲がっている。

「留乃、歩くぞ」

「うん」

留乃が俺の手を強く握り返してきた。

「でも、いくら待っても、運命の人は私の前に現れてはくれなかった！　何人か、男の人を愛した時期もありました！　でも、私が想いを寄せると、みんな露骨に嫌な顔をし、私を避ける！　男の人だけじゃない！　仲良くしたいと思う女の人もです！　私が近づくと、皆、嫌な顔をし、私から離れるのです！　まるで私を汚いバイキンのような目をむけてっ！」

二番のスピーチが、待合室に響く中、留乃を連れ、老婆の許へ向かう。

「多大なストレスから、いつしか私は、自分自身を傷つけるようになりました！　初めは、かすり傷程度のものだった！　でも、徐々に、傷は深くなっていきました！　気づいた時には、もう、自分で自分を抑えられないようになっていました！　リストカットを繰り返す毎日！　私は、自分をコントロールすることさえできなくなってしまったのです！」

老婆の許まで辿り着く。

「あの、すみません」

老婆の肩をツンツンと突き、声をかける。身につけたゼッケンには、「三」と書かれている。

「はい？」

老婆は、テレビモニターから俺へと視線を移した。

「お願いです！　俺たちと一緒に、この列車を降りてください！」

老婆はなんの反応もせず、俺を見ている。耳が遠いようだ。耳元に口を近づけ、叫ぶ。

「お願いです！　俺たちと一緒に、この列車を降りてください！」

俺の声に、老婆が微笑む。

「聞こえましたよ」

――一人目！

そう思った瞬間、老婆は申し訳なさそうに、首を横に振った。

「ごめんなさいねぇ。私は、どうしてもあの世に逝って孫に謝りたいんですよ」

おっとりとした口調で老婆は言うと、一枚の紙を見せた。それは、この列車の発案者が開設したであろうホームページを、プリントアウトしたものだった。

〈霊柩列車

この世に未練がありますか？

生きていて、楽しいですか？

死にたくはありませんか？

快楽を味わいながらあの世へ旅立てる。

そんなステキな霊柩列車。

乗りたくはありませんか？

神・タムラユウ〉

――あの男、タムラユウって名前なのか……。

薄ら笑いを浮かべる男に視線を置いたまま、老婆に紙を返した。

「お孫さんも？」

「えぇ。この紙と一緒に、タムラさんとのやりとり、メールっていうんですか？　孫がタムラさんにいろんなことをご相談していたものが部屋に残されてたんですよ。私の孫は、いじめを苦にして、この列車で死んだんです。私はね、一緒に暮らしていたにもかかわらず、孫の苦しみに気づいてあげられなかったんですよ。辛かったろう。苦しかったろう。それなのに、バカな年寄りは何一つ知らなかったんです。気づけなかったんです。だから、あの世へ逝って、孫に謝りたいんです」

「そんな！　そんなことしたって、お孫さんは帰って来ないんですよ！　あなたが死んでしまったら、お孫さんは余計苦しむはずだ！　自分のせいであなたを死なせてしまったと、悲しむはずだ！」

しかし、老婆は首を縦には振らない。

「ごめんなさいねぇ。もうね、決めたことなんです」

――なんでそれで死ぬって考えになるんだよ……。生きて孫の分まで幸せになろうとは思えねぇのかよ！

「俊介君、お婆さんなんだって？　列車の音であまり聞こえなくって」

留乃が俺に問う。

「孫が、この列車で死んだんだって……。孫の苦しみに気づいてあげられなかったから、あの世で孫に謝りたいって……」

「俊介君、お婆さんと話させて……」

留乃が言ったその時、二番のスピーチが、待合室に木霊した。

「私は、私はもう、生きていても意味がないんです！　やっと、それに気づくことができたんです！　皆さんも、そう思いませんか？」

「思う～ッ！」

二番の問いかけに、乗客が答える。

「皆さんだって、私みたいな人間、近くに寄ったら嫌でしょう？」

「絶対嫌だ～ッ！」

楽しそうに笑みを浮かべ、四番が答えた。

――コイツだけは、いくら説得しても無駄だ。

四番を見て、苛立ちが腹の底から沸き上がっていた。

「お答え、ありがとうございます！　死ぬ決心が固まりました！」

そう言うと、二番は男にマイクを返した。

「留乃、お婆さん、耳悪いみたいだから、近くで喋って」

留乃は頷くと、一歩前に出た。

「ここ、ここが耳だから」

留乃の手を老婆の耳元近くまで寄せる。留乃は頷くと、しゃがみ込み、老婆の耳元で話し始めた。

「私、去年、祖母を亡くしたんです！」

「あら、まぁ……」

老婆は快楽部屋から、留乃へと視線を移した。

「私、祖母のこと、すごく、大好きだったんです！」

「それは、お気の毒に……」

「お婆さんのお子さんはどうされているんですか？」

「息子夫婦も一昨年事故で死んでしまったんですよ。それからというもの、私が亮《りょう》、孫とね、暮らしていたんですけどね……」

老婆の顔に、悲しみが宿る。

「お婆さんは、今はお一人で暮らされてるんですか？」

「ええ。もうお爺さんも五年前に亡くなってしまいましたから」

「お婆さんは、死にたいんですか？」

留乃が今にも泣きそうな顔をして尋ねる。老婆は小さく微笑み、

「いいえ、そうじゃないんですよ。ただ、孫に会いたいんです。死んでしまった息子夫婦や、お爺さんに会いたいんですよ」

と、答えた。

「お婆さん……」

震えた声でそう言うと、留乃は老婆の手を握った。

「私も去年、祖母が病気で死んでしまった時、その時、私、すごく悲しかった！　涙が止まらなかった！　今でも、祖母を思い出すと会いたくて堪らなくなる！　でも、いつか、いつか寿命を遂げた時、祖母に会えるって、そう信じてます！　お婆さんのお孫さんも、息子さんご夫婦も、お婆さんがこんな形で死んでしまったら、悲しむはずです！　だから！　だから、生きてください！」

留乃の瞳にまた新しい涙が浮かぶ。

「いいお孫さんに恵まれて、あなたのお婆さん、お幸せでしたでしょうねぇ」

老婆はそう言うと、留乃の頬を優しく撫でた。

「お願いします！　生きてください！　お孫さんや、息子さんご夫婦の分まで！」

しかし、留乃の説得にも、老婆は首を横に振って見せた。

「私はね、寂しいのですよ。独りはね、やっぱり、寂しいのですよ」

「だったら！　私が遊びに行きます！　お婆さんのお家まで、毎日遊びに行きますから！」

「では！　快楽死第二弾！」

快楽部屋から、男の声が響いた。

老婆は、留乃から快楽部屋へと、視線を戻した。

「心の準備はよろしいですか？」

男が二番に問う。

二番は返答の代わりに、頷いて見せた。

「お待たせいたしました！　では、霊柩列車、快楽死第二弾！　幕開けです～！」

男はそう叫ぶと、二番の手首目がけて、メスを縦に刺し込んだ。

プスップスッという音を立て、二番の右手首にメスが喰い込んでいく。真っ赤な血液がメスが喰い込んだ皮膚から溢れ出す。

「きゃ！　きゃぁあああ！　きゃぁあああああ！」

二番の顔に、満面の笑みが浮かぶ。

「きゃあ！　きゃぁあああ！」

興奮したように、二番が叫ぶ。

「気持ちいいでしょう？」

にんまりとした笑みを浮かべる男に、二番はブンブンと激しく首を縦に振った。

「も、もっと！　もっと、して！　気持ちいいの！　最高に気持ちいいのよぉ～！お願い！　もっとぉ～！」

懇願するように、二番が男に頼み込む。男はゆっくりと頷き、刺し込んだメスを抜いた。真っ赤な血しぶきが、二番の右手首から溢れ出す。

男は優越感に浸った顔で二番の血を人差し指にくっつけると、ゆっくりと口元へ持っていった。

「うん。なかなかのお味ですよ。鉄分が効いてますねぇ」

血を舐めながら、ねっとりとした口調で男が言う。

「お願い！　お婆さん、お願いだから死なないで！　お婆さんが死んじゃっても、誰も喜ばない！　私や俊介君だって、悲しい！」

興奮した二番の叫び声が響く中、留乃が説得を続ける。

「本当に痛くないのかねぇ？」

老婆が言う。

「え？」

「いや、あんなに刺されて、痛くないのかねぇ」

不思議そうに、老婆が首を傾げる。

「お婆さん！　死ぬことなんて考えないで！」

留乃が老婆に向かい、叫ぶ。しかし、老婆の視線は、快楽部屋に釘づけのままだ。

「そりゃ！」

かけ声と共に、男が二番の腹にメスを刺し込んだ。

「派手にいきますよぉ～！」

男はそう言うと、刺し込んだメスをゆっくり斜めに動かし始めた。

「もっと派手にやれぇ～！」

四番が、快楽部屋に向かい叫んだ。

「そうだそうだ！　もっと激しくやれぇ～！」

四番に続き、テレビモニターを食い入るように見つめていた乗客も叫び出す。

「はいはい。お楽しみはこれからですよ」

笑みを崩さないまま、男が答える。ビチョッビチョッ……と、気持ちの悪い音を立てながら、二番の腹が引き裂かれていく。

「きゃきゃきゃきゃきゃ！　きゃきゃきゃきゃきゃきゃ！」

甲高い、ガラスを爪で掻き毟るのに似た二番の笑い声が響き渡る。

「あ、コレ、肝臓ですよ」

男がピンク色の物体を、二番の腹の中から引きずり出す。

「きゃっ……、きゃきゃきゃっ……」

二番は取り出された物体を前に、首をブンブンと振る。

「うっ……」

目の前の光景に、吐き気を催す。

——どうしてコイツら、平然と見ていられるんだ？

まるで、楽しいテレビ番組を観るように笑い転げる者、スリルに酔いしれている者、真顔で眺めている者、目を細めながらも半笑いを浮かべる者……。

この車輌にいる全員に対し、抱いていた恐怖が増していく。

「んで、コレが腎臓ね。って、あらま……。もう死んじゃいましたねぇ」

ダランと垂れ下がった二番の手を持ち上げながら、男が呟いた。

「みなさ～ん！」

男は二番の手を掴み、ブンブンと振って見せると、

「ばいばーい！　なんちゃって！　ご愁傷様です」

と、一人で笑い、二番の手を離した。二番の腕がブランブランと揺れ動く。

「さぁ、二番さんが旅立ちました！　今度は拍手でお別れいたしましょう！」

男の声に、乗客が拍手をする。

死で覆い尽くされた空間。

死しか頭にない人間。

戦慄が俺の身体中を駆け巡る。

「じゃあ、そちらに身体、運びますね」

男が二番の身体を持ち上げようとする。

「うわぁっ！　ちょっと重いですねぇ……。駄目だ。一人じゃ無理です。申し訳ございませんが、どなたか手伝っていただけます？」

待合室に向かい、男が言う。

「俺、間近で見たい～！」

四番が手を上げる。

「ぼ、僕も……」

四番に続き、細身の男が弱々しく手を上げた。髪は見るからに臭そうで、べたつい

ている。金縁眼鏡をかけ、一重の目を細めながら、快楽部屋を見つめている。身につけたゼッケンには、十四番の文字が書かれている。

「ありがたい、ありがたい。では、お願いします」

男はそう言うと、二人を快楽部屋に招いた。

「うわっ！　すげぇ～！」

快楽部屋の扉を開け、四番が叫ぶ。

「スプラッタじゃん！」

楽しそうに、興奮しながら、四番が二番に近づく。

「幸せそうな顔でしょう？」

男が二人に囁く。

「本当に、快楽を味わいながら死んだんですね」

眼鏡を触りながら、わかったふうに、十四番が言った。

「じゃあ、早速運んでください」

男の声に二人は頷くと、二番の身体を持ち上げた。

「うわっ！　服に血がついた！　キッモ～！」

四番が露骨に嫌な顔をする。

「血って臭いんですねぇ」

十四番が眉間に皺を寄せた。

「っていうか、この女重すぎ！　死んで正解だったね」

鼻で笑いながら四番はそう言うと、無造作に二番の身体を床に投げつけた。

「あ、できれば椅子に座らせてください。そこじゃあ通行の妨げになりますから」

男が二人に向かい、言う。

「は？　面倒くせぇよ！　あとはアンタがやんなよ！」

四番が男に向かい、言った。

「アンタ？」

男が過敏な反応を示した。男は四番を睨みつけると、快楽薬の入った小瓶を手にした。

「あなたには、コレが必要じゃないようですねぇ」

「どういう意味だよ？」

「この薬を開発したのは私なんですよ？」

「だからなんだよ？」

四番の返答に、男は「あ〜あ〜あ〜」と、声を出しながら、首を横に振った。

「わかってませんねぇ」

「だから、何がだよ？」

男は、小瓶を四番の顔に近づけると、軽く上下に振って見せた。カチャカチャという音が聞こえる。

「あのね、私がこの快楽薬を開発したんですよ。いいですか？　この薬をあなたに差し上げるかどうかを決めるのは、この私なんですよ？　あなたが快楽を味わいながら死んでいけるかは、この、私の手に委ねられているんですよ？」

男はそう言うと、再び小瓶を上下に振って見せた。

「運んで、くださいますね？」

ニンマリとした笑みを浮かべ、男が問う。青白い肌に浮かび上がる男の笑みは迫力がある。四番はグッと唇を噛み、

「わかったよ」

と、小さく言うと、十四番と共に二番の身体を持ち上げ、近くにある椅子に座らせた。

「皆様も、そこのところ、よく頭に叩き込んでおいてくださいねぇ～」

男は待合室にいる全員に向かい叫ぶと、快楽部屋へと入っていった。四番は、チッと男の背中に向けて舌打ちをしたあと、近くの椅子に腰を下ろした。

「お願い！　一緒に降りて！」

留乃が老婆に向かい懇願した。頬を玉になった涙が連なって落ちる。

「あらあら、泣いてしまって……」

老婆はやさしく留乃の涙を拭う。

♪ジャジャジャジャーン、ジャジャジャジャジャーン。

始まりの合図、「運命」が流れ出す。

「では、次々いきましょう！　ゼッケン三番の方！　こちらにどうぞぉ！」

男の声が響いた。

「あらあら、私の番ですね」

自分のゼッケンを確認し、老婆が呟いた。

「お嬢ちゃん、ごめんなさいねぇ」

老婆は留乃に謝ると、ゆっくりと立ち上がった。

「お婆さん！　嫌だ！　死なないで！」

留乃が叫ぶ。老婆は困った様子で、留乃を見る。

「気にしなくていいですよぉ～。どうぞ、こちらにいらしてください」

老婆に向かい、男が言う。

「でもねぇ……」

泣きじゃくる留乃を見て、老婆が呟く。

「お願いです！　死なないでください！」

老婆は俺と留乃の顔を見渡したあと、快楽部屋に視線を移した。

「婆さん、もたもたしてんじゃねぇよ！　あとがつっかえるだろう！」

四番が、老婆に向かい罵声を発した。

「あらあら、すみませんね。つい……」

老婆は四番に謝罪すると、ゆっくりと歩きだした。

「死ぬなっ！」

俺は思わず老婆の腕を掴み、叫んだ。老婆は戸惑ったように、俺と快楽部屋を交互に見る。

「おい！」

四番が俺の肩を掴んだ。

「さっきから黙って見てりゃあよお！　お前らさ、邪魔なんだよ。もう婆さんの番なんだから、説得したきゃ他当たれよ。俺はね、もたもたすんのが嫌いなんだよ！」

「そうですよぉ！　説得すんのは勝手ですが、邪魔はしないでください。そのお方の順番が回って来てるんです。十五分間隔で進めないと、朝までに処理ができないんですから！　早くそのお方、こちらによこしてください！　それに、そのお方を説得しても、時間をロスするだけですよ。他当たったらいかがですか？　まぁ、結果は同じでしょうがね」

四番に引き続き、男が叫んだ。

「順番だとか、そういう問題じゃねぇだろうが！　お前ら、人の命、なんだと思ってるんだよ！」

四番の手をどけ、叫んだ。

「あ？」

四番が俺の胸ぐらを掴む。

「マジでなんなの？　お前」

「お前がなんだよ！」

四番の胸ぐらを掴み返した。

「やる気？」

四番がすごむ。

「ここにいる奴ら全員、狂ってんだよっ！」

言ったと同時、四番の拳が腹に命中した。「うっ」と、口から声とも息ともつかない音が漏れると、腹を抱え床に倒れた。

「やめて！」

留乃の声が、聞こえた。

「あ？　うるせぇんだよ。お前は引っ込んでろ！」

四番は留乃にそう怒鳴ると、俺の身体を引き寄せた。一発、二発、三発と、腹に拳が喰い込む。苦しみで、酸素が吸い込めない。

「ごめんね。俺さ、こう見えても元・ボクサーなんだわ」

四番は、俺の耳元でそう囁くと、四発目の拳を腹に喰い込ませた。

「お願いだからやめてぇー！」

留乃の叫び声。五発目の鉄拳が飛んできそうになった瞬間、老婆が四番の腕を掴んだ。

「おやめなさい！　やめて！　私が逝きますから！」

老婆が四番に向かい言った。

「だ……駄目だ！　死ぬな！」

俺は老婆に向かい必死に叫んだ。

「黙れってんだよ！」

四番の拳が、ガキッという音を立て、顎に命中する。床に倒れ込んだ俺に向かい、四番が唾を吐きかけた。

「すぐに参りますから！　もう、この子を殴らないで！」

老婆は四番に向かいそう言うと、快楽部屋に向かい歩き出した。

「婆ちゃん！」

老婆の後ろ姿に叫んだが、俺のかすれた声は届かず、老婆は振り向くことすらせずに、快楽部屋の扉を開いた。

立ち上がり、老婆の許へ行こうと身体を動かすが、まるで鉛を詰め込まれたように、身体は動かない。

「お願い！　お婆さん！　死なないで！　お婆さんを殺さないで！　なんでもするから！　お願い、お婆さんに手を出さないで！」

留乃の悲痛な声が、車輌内に響き渡る。そんな留乃に、乗客はまるで厄介者のような視線を投げつける。

「どうぞ、座ってください」

男に促されるまま、老婆は椅子に座った。

「どんな方法がいいですか？」

「すぐに逝ける方法にしていただけませんかね」

遠慮がちに、老婆が男に向かい言った。

「すぐに……ですか？　快楽を味わわなくていいんですか？」

「えぇ、すぐに孫や息子夫婦、お爺さんのところへ逝きたいものでねぇ」

老婆が穏やかな微笑を浮かべ、男に言った。男はつまらなそうな顔をし、唇を尖らせた。

「そうですか。じゃあ、電気椅子にします？　この椅子ね、実は電気椅子なんですよ。すぐ逝けますよ」

男は、老婆の座っている椅子をポンポンと叩きながら言った。

「えぇえぇ、そうしてください」

老婆はそう言うと、目を閉じた。

「やめてぇ！」

留乃の声が響く。

「やめません！」

男はピシャリと言うと、老婆に向かいマイクを差し出した。

「どうぞ、スピーチを」

ニンマリとした笑みを絶やさぬまま男が言った。老婆は閉じていた目を開け、マイクを受け取った。

「早く皆の許へ逝けますように」

老婆はそう言うと、手を合わせ、再び目を閉じた。

「じゃあ、快楽死、第三弾の幕開けです！」

男は大声でそう叫ぶと、壁についているボタンへと手を伸ばした。

「やめろぉおおお!!!」

快楽部屋に向かい、叫ぶ。男が俺を見る。

「やめるとお思いで？」

男が尋ねる。

「やめろぉおお！　殺すなぁあああ！」

叫び声が、木霊する。乗客の視線が、俺に集まる。

「なぁ、お前さ、人殴ったことある？」

突然、俺に視線を置いたまま、四番が十四番の肩を叩き、言った。十四番は小刻みに首を横に振り、怯えた声で「ありません」と答えた。

「そうだと思った。なぁ、お前さ、コイツ、殴ってみれば？」

「そ、そんな。僕、痛いのは嫌で……」

十四番は今度は首を激しく横に振りながら、俺を見る。

「大丈夫。さっき俺がかなりやったから、動けねぇよ。やりかえされたりしねぇって」

そう言うと、四番は十四番の腕を引っ張り、俺の許へと歩ませた。

「人殴るとスッキリするぞぉ！　お前さ、もうどうせ死ぬんだから、心置きなく、したいことやっとけよ。人、殴りたいと思ったことあんだろ？」

十四番は、俺に視線をおいたまま、浅く頷いた。

「そ、そりゃあ、僕だって、人を殴りたいと思ったことくらい……」

「どうせお前、いつも殴られる側だったんじゃねえの？」

十四番は無言で四番を見ると、一回浅く頷いた。

「だろ？　やっぱそうだと思った。あのさ、死ぬ前くらい、立場逆転してもよくね？」

十四番が、じっとりとした目で俺を見る。

「やってみろよ」

ポンポンポンと、四番が十四番の背中を三回叩いた。十四番の手が震えている。

「やれって！」

白い歯を見せ、四番が言う。

「おやおや、ショータイムですか？」

快楽部屋から、男が言った。

「いいっしょ？　テンションがグッと高まるっしょ？」

四番の言葉に、男が頷く。

「ええ。そちら側のことは、そちらにお任せいたしますよ」

「やるよな？」

四番が、十四番の顔を覗き込む。十四番は、唇をギュッと噛み締めたまま、じっとりとした目つきで俺を見つめ続けている。

「やるよなぁ！」

四番が、十四番の胸ぐらを掴んだ。ハッとしたように、十四番が頷いた。

「や、やります！」

怯えた声で、十四番が答える。

「それでいいんだよ」

満足したように、四番が言った。

俺の頭の中は、どうやったら今、俺の身に訪れようとしているピンチから抜け出せるかということではなく、どうやったら老婆を救えるか？　ただそれだけだった。自分だけしか可愛くなかった俺が、自分の身よりも、死を間近にした老婆の安否を考えていた。不思議で、奇妙な感覚が、俺の脳細胞を刺激していた。

なんとか起き上がり、老婆の所まで行こうと、身体を動かす。

快楽部屋に視線を送ると、男の指がボタンに触れている。

――婆ちゃん！

歯を喰い縛り、立ち上がった瞬間、男の馬鹿でかい声が響き渡った。

「では！　霊柩列車、快楽死、第三弾です！」

男の指が動く。

「やめろぉおおおおお！」

叫び声が、口から飛び出る。

「やれ！」

四番が、十四番の背中を押した。

「う、うわぁあああああ!!!」

悲鳴のような叫び声を上げながら、十四番は握り締めた拳を俺の頬に命中させた。

グランと、視界が揺らぐ。

「わぁあああああ!!!」

叫び声を発しながら、十四番が俺を殴り続ける。

「お願い！　やめてぇえええ！」

留乃の悲鳴に十四番の手が止まる。

「俊介君を殴らないで！　殴りたいなら私を殴って！　私を殴りなさいよぉおお
お！」

留乃の言葉に、十四番は固まった表情で四番を見た。四番は留乃の言葉を聞き、ハンッと鼻で笑ったあと、「どう？　ちょっとは気分スッキリしただろ？」と十四番の肩を叩いた。十四番は固まった表情のまま、浅く頷いた。

男が快楽部屋から俺を見て微笑んだ。

「やめろ！　殺すなぁあああ！」

男は俺の叫び声を聞くと、満足したように二回頷き、

「ポチッとな」

とボタンを押した。バリバリバリという音を立てながら、椅子が動く。老婆の身体が、ビクビクと激しく痙攣を起こす。

「婆ちゃんっ！」

老婆に向かい、叫ぶ。

「それ、パワーアップ！」

「お願い！　殺さないでぇぇぇ！」

泣き叫ぶ留乃を嘲るように男は微笑み、レバーを上げる。老婆の身体がさらに激しく痙攣する。そして老婆は「おほほ」と、小さな笑い声を立てると、動かなくなった。

「あれ？　もう逝かれちゃったかな？」

男が老婆の顔を覗き込む。

「あらら、逝かれちゃったみたいですねぇ」

男が、レバーを戻す。椅子が、動きを止める。

「まぁ、ご高齢だったから仕方ないですね」

そう言うと、男は老婆を抱え上げ、待合室に運び椅子に座らせた。

「見てみます？　真っ黒ですよ」

「見る！　俺、見る！」

四番が老婆に駆け寄る。

「うわっ！　すっげぇ〜！　真っ黒コゲじゃん！」

そう言うと、四番は老婆の手首を持ち上げ、プランプランと振って見せると、

「私、本当は死ななくてもよかったのぉ〜ん」

と、俺の目を見ながら薄ら笑いを浮かべた。

言い表せないほどの憎しみが、身体中を駆け巡っていた。頭の中で、どこかの血管がプチッと音を立てて切れた気がした。

「てっめぇ〜……！」

身体に走る痛みなど忘れていた。気づいた時には、拳を握り、四番を殴りつけていた。

「なんだよ、てめぇ！　やる気か！」

四番が俺の腹を殴り続ける。さすが元・ボクサーなだけあって、やり返したくても手が出せない。四番は猫がネズミを捕って遊ぶように、俺を弄る。もはや、痛みなどという言葉のレベルではない。目の前がチカチカとし、呼吸が上手くできない。四番は俺の様子を見つつ、笑みを浮かべて殴り続ける。殴られれば殴られるだけ、憎しみや怒りが増加する。他人に対し、こんなに強い感情を抱いたのは、生まれて初めてだった。

乗客は俺らを取り囲み、ボクシングでも観戦するように、野次を飛ばしては、興奮したように叫び、笑った。

意識が遠のきそうな中、ピーッと笛の音が鳴り響いたのが聞こえた。


見つけました。

彼こそ、私が捜し求めていたフックです。

正義感に溢れ、生きることに固執した、最高の人材です。

ラッキーなことに、ウェンディーまで見つけることができました。

ピーターパンの手によっておとぎの国ネバーランドへ招かれる少女、ウェンディーと、偽善者フック。まさか、今回のイベントで二人もの人材に出会えるとは思ってもいませんでした。まさしく、ラッキーでした。

知っていますか？

原作では、ピーターパンに誘惑されてネバーランドに訪れるウェンディーを。人魚や妖精の魅力に負けて、弟たちと家を出るウェンディーですが、私には弟たちは必要ありません。私に必要なのは、退屈しのぎのためのゲームができる偽善者フックと、そのフックに相応しい、そして、私に相応しい永遠の少女ウェンディーだけでいいんです。

さて、あとは、この二人をどうやって私の築き上げるネバーランドへ招くかが問題です。自分の意思を持ってしまっている彼らは、そう簡単に私の世界へ足を踏み込んではくれないでしょう。何か、頭を使わなくては……。嫌でも私の世界へ入り込ませなくてはいけない。一回入り込んだら、二度と出ることはできない。そんな素晴らしい方法はないものでしょうか？

彼らが本当に生きる意味をわかっているのならば、私の世界へ入り込ませることができるはずなのですが……。

いえ、必ずやってみましょう。私の築き上げる、素晴らしい世界のために。

必ず彼らを、私の手に……。

「はぁ～い、ストップストップストップストップ～！　はい、もういいですかぁ？　時間、あまりロスしたくないんですけどねぇ」

ピッピピッピピッピッと笛を吹きながら、男が野次馬の群れをかき分け、こちらに歩む。

「四番さ～ん。気が済みましたかぁ？」

男が、四番の耳元で叫ぶ。

「聞こえてるっつの！」

眉間に皺を寄せ、四番が答える。

「あら、こりゃ失敬。で？　もういいですか？」

「あぁ！」

「そりゃよかったです。じゃ、どうぞ、快楽部屋へ」

男はそう言うと、先に快楽部屋へと向かった。

♪ジャジャジャジャーン、ジャジャジャジャジャーン。

「運命」が、爆音で流れ始める。

「では、四番さん、こちらへどうぞぉ～！」

「死んだら、真っ先にてめぇのところに化けて出てやるからな！」

四番は床に転がっている俺を睨みつけながらそう言うと、男に促されるまま、快楽部屋へと足を運んだ。

4　見えない出口

「俊介君？　俊介君、どこ？」

　床を手で弄りながら、留乃が叫ぶ。立とうとしても、全身に激痛が走って上手く立つことができない。上着を捲ってみると、腹に真っ青な痣ができている。きっと、顔中痣だらけだろう。鉄の味が広がる。唾を吐き出すと、歯が一本抜け落ちた。

「ごめん。ここにいるよ」

　なんとか身体を動かし、留乃の手を取る。

「怪我は？　怪我してないの？　喧嘩してたの俊介君だよねぇ？」

「大丈夫。してない」

「本当？」

「あぁ。どこも怪我してないから。安心しろ！」

　留乃の頭をポンと軽く叩く。留乃は心配そうな顔をしたまま、頷いた。

「運命」が止まる。

「さて、あなたはどんな方法で逝きたいですか？」

四番に向かい、男が尋ねる。

「もうね、すごい派手にやっちゃって！　これでもかってくらい派手なので！」

ケケケとふざけたような笑い声を上げながら、四番が言う。何かヤバイ薬でも打ってるのではないか？　四番を見ていると、そんな気がしてならない。

「じゃあ、こんなのはいかがでしょうか？」

男が、四番の前に電気鋸を差し出した。

「コレでどう派手にできるわけ？」

電気鋸を撫でながら、四番が問う。

「ん～……、いろいろありますよ。だんだんと身体を小さくするとかね」

「だんだんと小さく？」

「えぇ。手首落として、足首落としてって具合にね。だんだんと身体を小さくしていくんですよ。コレはね、派手ですよぉ。なかなか死ねませんしね。快楽味わう時間も相当長いはずです」

「マジで？」

四番の顔が輝く。

「えぇ。スペシャルコースの一つですね。どうします？　コレにします？」

男が、四番の右足を撫でながら問う。

「おう！　それでいっちょ、派手にやっちゃってよ！」

「では、スピーチをどうぞ」

「俺はぁ〜、別に生きることに執着してねぇっていうかぁ〜、生きることにありがたみを感じられないっていうかぁ〜。借金もあるしぃ〜、金返せなきゃどうせ殺されるしぃ〜、だったら楽に死んだほうが得っていうかさぁ〜。まぁ、そんな感じ？」

やたらと語尾を伸ばしながら、四番がスピーチをする。

「留乃、説得始めるぞ。マジでもう時間ねぇから！」

留乃の手を引く。

「うん」

留乃が立ち上がる。

乗客を見渡す。皆、快楽部屋一点を眺めている。

「まぁ、だからぁ〜、死ぬっていうか、俺は快楽を味わいたいって感じで、これに乗ったわけぇ〜！　以上！」

四番の声がスピーカーから流れる。ははははっと笑いながら、四番が男にマイクを返した。

「もう、いいんですか？」

男が尋ねる。

「あぁ。こういうの苦手なんだよねぇ〜」

四番はそう言うと、男の手から電気鋸を奪い、自らスイッチを押した。ギュイィイィーンという爆音がスピーカーを通し車輌内に響き渡る。

「もうやっちゃってよ。グズグズしてんの嫌なんだわ」

「そうですか？　では」

四番から電気鋸を受け取った男が、四番の足元目がけて近づける。

「ちょっ……ちょっとちょっと！　アレ！　アレ飲ませてくれよ！」

四番は足を引き、慌てた口調で快楽薬の入った小瓶を指差した。男が、イヒヒッと笑う。

「ジョークですよ。軽いジョーク」

小瓶を手にした男の言葉に、乗客もつられて笑う。

「では、どうぞ。お飲みください」

男は小瓶から快楽薬を二錠取り出すと、四番に差し出した。四番は男の掌から奪うように快楽薬を取って口に含む。

「コレ、飲めば飲むだけ、効果も上がるんじゃないの？　もっとちょうだいよ」

そう言い、四番は男の手から小瓶を奪おうと手を伸ばした。

「いくら飲んでも効果は同じです！」

四番の手を叩きながら、男が言う。叩かれた手を、四番がまじまじと見つめる。

「うわっ！　すっげぇ～！　今、なんか気持ちよかった！」

「でしょう？」

「うん！　すっげぇよ！　マジで！」

「あなたは意外と、美的感覚のある方なんですねぇ～」

ポンッと四番の肩を叩きながら、男は得意げに言う。

「そうか？　まぁな！」

今度は、四番が誇らしげに笑う。

――似た者同士だ。

生まれた時は、皆、同じ赤ん坊なのに、どういう経路を辿ればこのような人間ができ上がるのだろうか？　精子が卵子に流れ込み、受精をし、人としての機能を創り上げるのは、誰もが同じだ。産声を上げ、産湯につけられ、乳を飲み育つ。しかし、同じ方法で生まれても、自分と同じ人間は、この世に一人もいない。十人十色、皆、違う心を持ち、意思を持ち、思考を持つ。じゃあ、あの男は？　どうしてあんな残酷な人間に成長したんだ？　四番は？　なぜあそこまで落ちぶれる人生を歩む男へと成長したんだ？　そして……、そして俺は？　俺は、なぜこんな人間になったんだ？　神のみが知るのだろうか？　快楽部屋を眺め、思っていた。

「俊介君？」

留乃が俺の手を引っ張る。

「あぁ。ごめん。行こう」

乗客の中に、幼い男の子が座っているのを見つけた。

男の子は拳を握りしめ、表情のない顔で快楽部屋を見つめていた。

――なんで子供まで……。

急いで男の子に駆け寄った。

「おい！」

男の子の肩を掴むと、身体がビクッと反応した。短髪で、細身の、クリクリとした目が印象的な男の子だ。高い鼻に薄い唇。ゼッケンには二十二番の文字。

――有名私立学校のブレザーでも着させれば、立派なお坊ちゃまになるのだが。この真夏に長袖のジャージはないよな。

「お前……、名前は？」

「村上《むらかみ》……悠太《ゆうた》」

仏頂面で、悠太が答える。

「歳は？」

「九歳」

――九歳で生きることを諦めるのか？

激しいショックが胸に広がった。

「死にたいのか？」

「死にたいよ」

間髪いれず、悠太が答える。

「どうして……」

「どうしてだっていいでしょ！」

「降りるぞ！」

悠太の手を引っ張り、言った。悠太は掴まれた手をブンブンと振り、俺の手をどけた。

「降りないよ！」

「なんで！」

「死にたいからこの列車に乗ったんだ！　僕は絶対降りない！　降りるもんか！　仲間を見つけたいなら、他の人に言えばいいだろ！　こんなにたくさん人がいるんだから！」

待合室にいる乗客たちを指差しながら、悠太が言う。

「ねぇ、ちょっと！　うるさいんだけど！　静かにしてくれない！」

後ろに座っている中年の女性が、俺を睨みつける。

「ホラ、怒られちゃったでしょ！」

悠太が唇を尖らせ言った。

「あのなぁ！　これはテレビゲームやアニメとは違うんだぞ！　本当に死ぬんだぞ！　死んだらな、後悔しても、二度と生き返ることはできないんだぞ！　わかってるのかよ！」

「わかってるよ！　僕だってそのくらいはわかるさ！　子供だと思ってバカにしないでよっ！」

「なら、なんで死のうとなんてするんだよ！」

「だから！　あとで僕のスピーチ聞いてって言ってるでしょう！　あ、お兄ちゃんもお姉ちゃんも、僕より早く逝っちゃうのか。なら、僕のスピーチは聞けないね」

俺と留乃のゼッケンを確認し、悠太が言った。

「いいから降りるんだ！　まだ小せぇのに死ぬことなんて考えてんじゃねぇよ！」

悠太の腕を力強く引っ張った。

「やだー!!!」

悠太が叫ぶ。

「放して！　痛い！　やだー!!!」

「何事ですか？」

快楽部屋から、目をギロつかせて男が尋ねる。

「助けて！　このお兄ちゃんが、無理やり僕を降ろそうとするんだ！」

男に向かい、悠太が叫ぶ。男が俺を見て、ため息をつく。

「いけませんねぇ。ルールを守っていただかないと……。私が与えた条件は、無理やり降ろすんではなく、説得して、生きたいと思わせた方と降りるってことですよ？」

「まだ子供だぞ！」

男に叫ぶ。

「だから何か？」

きょとんとした顔で、男が尋ねる。その、私は全く悪いことなどしていません、といった態度に、恐怖しか感じられない。

「子供だから死んではいけないという法律でもあるとお思いで？」

「まだいろいろな可能性を見出せる子供までをも殺すのかよ！」

「だから、殺すのではありません！　何度言ったらわかるんですか！　永遠の旅行です！　殺すなんて汚らわしい言葉、述べないでくださいとさんざん申しているでしょう！　アナタ、頭お悪いんじゃないんですか！」

ものすごい剣幕で、男が怒声を発する。

「お前よぉ！　俺の輝かしい旅立ちを邪魔すんじゃねぇよ！　俺の舞台が台なしじゃねぇか！」

　男に続き、四番が怒鳴る。

「もう数発、やってきてやろうか？」

「いえいえ、あなたのお手間は取らせませんよ。あ、でも、撲殺っていうのもいいですね。レパートリーに加えましょう。あ、でも、殴る方も痛いのですかね？」

「あ、じゃあさ、コレやるよ！　俺、どうせもう死ぬんだし！」

　中指にはめてあるゴツいシルバーの指輪を抜きながら、四番が言う。

「コレつけてると殴ってる側はあんまし痛くねぇしさ、逆に殴られる側は数倍ダメージ大きいんだわ。ホラ」

「これはこれはありがたい。いいんですか？」

「あぁ。アンタにゃ世話になるしな。撲殺する時はアンタもあの薬飲めばいいじゃん？　快楽味わいながら、撲殺できるなんて最高じゃん？」

「そうですね！　あなたは本当に冴えている！」

　パンッと手を叩きながら、男が言った。

「ってことであなた、ルールは守ってくださいね。ホラ、その子嫌がってるんだから、離れて離れて！」

俺に向かい掌を振りながら、男が言う。

「本当に死んでもいいのか？」

悠太は迷いもせずに、頷いた。

「いいんだよ。僕はね、何を言われても降りない！　だから、お兄ちゃん、もう僕に話しかけないで！　降りたいなら、他の人と降りて！」

「本当にいいんだな？　後悔しないな？」

「しないよ！　しつこい！」

悠太が俺を睨みつける。

「悠太君」

留乃が一歩、悠太に近づく。

「悠太君が死んじゃったら、お父さんやお母さん、悲しむよ？　お友達も悲しむよ？」

「お姉ちゃんもうるさいよ！　お兄ちゃんやお姉ちゃんに僕の何がわかるの？　何もわからないのに、勝手なことばかり言わないでよ！　無責任だよ！　もう、僕に話しかけないでって言ってるでしょう！　これ以上話しかけたら、また大声出すからね！」

「悠太君……。でも、死ぬってとても悲しいことなんだよ？　与えられた命を無駄にしちゃったら、神様だって悲しむよ？　きっと、天国にはいけないよ？　ね？　降りよう？」

「お姉ちゃんにそんなこと言う資格あるの？　お姉ちゃんだって死ぬつもりでこの列車に乗ったんでしょ？　そんなお姉ちゃんの言葉なんか、説得力も何もないよ！」

「うん。そうだね。私も悠太君と同じ気持ちでこの列車に乗ったよ。でもね、どんなに悩みがあっても、死ぬって答えは一番の間違いなんだよ。私も間違えてた。でも、わかったんだ。生きるってことが、どれほど大事なことなのか……。悠太君、人が生きている限り、自分から死ぬって答えは、この世に存在しちゃいけない答えなんだよ。だから、ね？　一緒に降りよう？　私たちと一緒に降りて生きよう？」

温かい口調だった。しかし、悠太は留乃を睨みつけ、

「うるさいっ！　あっち行け！」

と、怒鳴った。

「悠太君……」

留乃が、困惑の表情を浮かべる。

「留乃、他当たるぞ」

「でも……」

「時間がないんだ。仕方ない」

「そうだけど……」

「いいから行くぞ」

留乃の手を引っ張り、悠太から離れる。

「そうそう、ルールはきちんと守ってくださいね」

俺と留乃に向かい、満足気に男が言った。


残り時間、約、七十五分。


彼は、なかなか面白い人材ですね。

正義感を持ち合わせているのに、そのことに気づいてはいないようです。一緒にいるウェンディーが、彼の持ち味を引き出しているようですね。

彼らはコンビです。離れては自分の持ち味を出せない。もしかしたら、彼は私の期待以上の人材かもしれません。いいフックに巡り合えて、私は幸せです。

しかし、まだ、欲を言えば、もう少し、違う顔も見せて欲しいものです。彼自身気づいていない、彼の本当の顔。それが見たいですね。

原作の海賊フックは、傲慢で悪に満ちた人物でしたが、私のネバーランドに必要なフックは、彼のように熱い魂を持ちつつも、それに気づいていない、また、それをどう生かせばいいかわかっていない、未熟者の正義フックなんです。そういう点では、彼は合格。百二十点ですね。

さて、彼は、ウェンディーを守ることができるのでしょうか？

そして、自分自身を守ることが……。

もう少し、この場所から傍観させていただきましょう。


「では！　霊柩列車、快楽死第四弾！　スタートォ～！」

男は声を発すると同時、電気鋸のスイッチを押した。ギュイイィィーンと爆音を立て、電気鋸が作動する。

「心の準備はいいですかぁ～？」

「ＯＫ！」

「じゃっ！　早速！」

電気鋸が四番の右足首に近づく。

「えぇ～いっ！」

かけ声と共に、男が四番の右足首に電気鋸を喰い込ませた。ギュジュジュジュジュと、耳を塞ぎたくなる音が響く。

「ぎゃぁあああ！　いい！　気持ちいい！　最高！」

椅子をバシバシと叩きながら、四番が叫ぶ。

「もうすぐ落ちますよぉ～。ホ～ラ！」

ボトッという音を立てながら、右足首が床に落ちた。

「バシバシいきますよぉ！」

今度は左足首に電気鋸を当てながら、男が言う。

「超気持ちいい！　最高！　いい！　あぁあああ！　スッゲェ～！　これぞエクスタシーだなっ！　マジ超最高！　フォ～！」

四番の絶叫が響き渡る。

「いいぞぉ～！　もっとやれぇ～！」

「よく見えないわ！　もっと見えやすくやってよ！」

「気持ちよさそう！　早く私もやりたい！」

「俺も電気鋸にするぞぉ！」

ライブを観戦するように、乗客は立ち上がり、快楽部屋に向かって歓声を上げ始めた。

「留乃！　行くぞ！　急げ！」

留乃と共に、説得を開始する。

「生きましょう！　一緒に降りましょう！」

手前にいる六十代の男に声をかけた。薄くなった髪を振り乱しながら、快楽部屋に歓声を送る男は、十八番の文字が書かれたゼッケンを身につけている。

「死ぬなんて考えないで！　降りましょう！」

十八番の肩を掴む。

「うるせぇ！　話しかけんな！」

怒声を発しながら、十八番が俺の手をどける。

「てめぇら見てると虫唾が走るんだよ！」

「でも！」

「うるせぇって言ってるのが聞こえねぇのか！」

ボトッという音が聴こえた。快楽部屋を見ると、四番の左足首が床に落ちていた。

「ホラ！　見損なっただろうが！　早くあっち行け！」

十八番は俺の胸ぐらを掴み、勢いよく突き放した。

「駄目だ……。留乃、次行くぞ」

「……うん」

――次々行くしかない！　時間がないんだ！　立ち止まっている時間はない！

「あの、降りませんか？　いや、降りましょう！　生きましょうよ！」

十八番の後ろに突っ立っている若い女性に声をかける。ぽっちゃりとした身体つきの女性は、眉間に皺を寄せながら、快楽部屋を眺めたままパンを食べている。身につけたゼッケンには、十一番の文字。

――よくこんな物見ながら飯が食えるよな……。コイツの神経どうなってんだ？

十一番を見て思う。

「降りましょうよ！」

十一番に言う。十一番はパンを食べながら、首を横に振った。腰まで伸びた髪が大きくウェーブする。

「話しかけないで！　決意を揺るがせたくないの！」

――ってことは、まだ完全に決意が固まったわけではないってことか！

希望を感じて十一番の手を掴む。

「なぜ死のうとなんてするんですか！　なぜ死にたいんですか！」

「苦しいからよ！」

十一番が叫んだ。

「食べても食べても、止まらないの！　食べることを止められないの！　見てよ！コレ、見てよ！」

足元にあるコンビニ袋を指差す。パンやおにぎり、お菓子など、食べ物だけが入った袋が三つ、食べ終わったゴミを詰め込んだ袋が二つ置いてある。

「これだけ食べてもまだ足りないのよ！　食べたくないのに、食べなきゃいられないの！　太りたくないのに、痩せたいのに！　痩せて痩せて綺麗になりたいのに、食べなきゃいられないのよ！」

――過食症か……。

泣きながらパンを口に含む十一番を見ながら、どう説得すればいいか考える。

「そんな目で私を見ないで！　笑わないで！」

十一番が俺を睨む。

「笑ってなんかないです！」

「嘘！　何この女って思ってるんでしょ？　こんなデブ死んだほうがいいって、本当は思ってるんでしょ？　ただ、自分たちが降りたいから声かけてるんでしょ！」

「そんなことないです！　そんなこと思ってないです！　太ってなんてないじゃないですか！」

「そんな慰め聞きたくない！　嘘言わないでよ！」

悲鳴のような声で、耳を塞ぎながらそう叫ぶと、十一番は床に座り込んだ。

「私はね、これでも、半年前までは痩せていたの！　今よりも二十キロも！　なのに、突然、突然太っちゃったの！　この！　この食欲のせいで！　こんなに……、こんなに醜くなっちゃって……。持っている全ての服が着れなくなっちゃったのよ！　ジーンズもワンピースもスカートも全滅！　早く元の体型に戻して綺麗になりたいのに、食べずにはいられない……。止めようとしても止められない！　食べてなきゃいられない！　こんな生活、もう嫌なの！　苦しいのよ！　辛いのよ！」

大粒の涙を流しながら、十一番が叫ぶ。

「もう、嫌なのよ。こんな自分も、こんな身体も……」

十一番はそう言うと、持っていたパンを一気に口へと押し込んだ。

「病院へは、行ったんですか？」

「行ったわ」

「病院に通えば、治るんじゃないんですか？」

「いつかはね」

「いつか？」

「長期治療が必要だって言われたわ。長期治療よ。その意味がわかる？」

「え？」

「長期治療ってことは、長期間、この苦しみと戦わなきゃいけないってことなの！このブクブクと太った身体と、長期間つき合わなきゃならないってことなの！」

「だからって……、だからって、死のうとなんて……」

「あなたにこの苦しみがわかるわけない！　わからないからそんなことが言えるの

よ！」

十一番は俺を睨み、そう叫ぶと、コンビニ袋の中からおにぎりを取り出して食べ始めた。

「お願い。もう、そっとしておいて。私にかかわらないで……。お願いだから」

涙を流し、十一番が俺を見る。

「お願い。早くあっちへ行って……」

「後悔、しないんですか？」

十一番に問う。

「いいから早くあっちへ行って！」

そう叫び、十一番は手にしたおにぎりを俺にぶつけると、そのまま床へ落ちたおにぎりを拾い口元へ運んだ。

――いつかは治るなら、それまで頑張ればいいじゃねぇか！　せっかく可愛い顔立ちしてるんだ！　治ってから、また痩せればいいだろう！　辛い＝死ぬしか、答えが出せねぇのかよ！

そう言いたい気持ちを、グッと堪えた。

「最っ高〜〜〜!!」

四番の絶叫が激しくなる。快楽部屋を見ると、もう右足、左足、右腕が切断されており、電気鋸は左腕の肉を切り裂いていた。

「どうです？　スペシャルコースというだけのことあるでしょう？」

四番の左腕を切り落としながら、男が言う。

「あぁ！　すげぇよ！　最高だよ！　ヒュゥゥ！」

「そうでしょう、そうでしょう」

「こんなすげぇ薬開発できちゃうなんて、アンタ天才だよ！　いよっ！　この天才！」

「そうですとも、そうですとも。あなたはわかっていらっしゃる」

男が、電気鋸を四番の首元に当てる。

「じゃぁ、切るところもなくなりましたし、あともつかえてますから、そろそろクライマックスといきますかね」

「♪ヒュゥゥウウ」

男の言葉に、四番が口笛を吹く。

「ではっ、四番さん、クライマックスゥ〜！」

電気鋸が四番の首に喰い込む。四番が、口から大量の血を吐き出す。

「よっこらせっと！」

男のかけ声と共に、四番の首が床へ落ちた。男は四番の髪を鷲掴みにすると、

「落ちました～！」

と、待合室にいる乗客に向かい叫んだ。待合室に拍手が沸く。

男が四番の生首を、待合室の椅子に置く。

「お、お手伝いしましょうか？」

素晴らしい物を見るように、目をキラキラ光らせ、十四番が男に向かい叫んだ。

「いやいや、バラバラになったから楽なもんですよ。亡骸を運ぶのも、私の趣味でしてねぇ」

「そうですか」

「お気持ちだけいただいておきます。ありがとう」

男が三十度ほど頭を下げて言った。十四番は慌てた様子で、いえいえ、と掌を左右に振った。男は大根を抱えるように、四番の手足を抱え、待合室の椅子に置き、快楽部屋に戻り、胴体を抱えると、再び待合室の椅子に置いた。

「ひぃ、ふぅ、みぃ、よぉ……。うん、なかなかいいペースですね。さすが私」

死体を指差しながら数え、男が笑みを浮かべ呟く。

「スムーズにことが運ぶというのは気持ちのいいものですねぇ」

「はい！　気持ちいいです！」

眼鏡の縁を触りながら十四番が答え、乗客が頷く。

――コイツ、もうあの男の舎弟だな……。コイツは説得しても無駄だ……。

十四番を見て、思った。

「では、このままスムーズさを保っていきましょう」

満足そうに男はそう言うと、頬を右手で摩り、快楽部屋に戻っていった。

留乃まであと四人。つまり、残り時間、約、六十分。

5 雪

♪ジャジャジャジャーン、ジャジャジャジャジャジャーン。

「運命」が流れ出す。

「五番さん、どうぞこちらへ〜」

男の声がスピーカーから流れる。

「は、はい！」

勢いよく、一人の男が椅子から立ち上がった。きっちりとスーツを着こなした、働き盛りのビジネスマンのように見うけられた。

「さぁさぁ、こちらへどうぞ」

男が促す。五番がギクシャクとした足取りで、快楽部屋に向かう。

「留乃、急ぐぞ！　一秒でもムダにできないっ！」

「う、うん！」

留乃を連れ、説得を再開する。

「一緒に降りてください！」

一番近くにいる、ゼッケン六番に向かい叫んだ。死ぬつもりだからなのか、全身黒の洋服を纏っている。ミニスカートからは、細い足がスラリと伸びている。

六番は俺と留乃の姿を見ると、

「嫌よ」

と、短い返答をした。

「なんでですか！　死にたいんですか！」

「あはは。死にたいからこの列車に乗ってるんじゃない」

「どうして？」

六番は俺の顔をまじまじと眺めると、首を横に振った。

「駄目だわ。やっぱり浮かばない」

「え？」

六番の言っている意味がわからず、聞き返す。

「ねぇ、アナタ、高依留理子《たかいるりこ》って知ってる？」

そう言うと六番は俺の肩に手を置いた。ちょっと垂れ目の大きな瞳で見つめてくる。

「高依留理子？」

「そう、高依留理子」

「知りませんけど……」

「やっぱりね。アナタは？」

留乃は首を横に振り「知りません」と答えた。

「……そう。やっぱりそんなものよね。私って」

「あの、高依留理子って誰なんですか？」

六番に問う。六番は人差し指を自分に向け、「私よ」と答えた。

「あの、お会いするの初めてですよね？　だったら、わかりませんよ」

「じゃあ、アナタ、飯田通斗《いいだみちと》って知ってる？」

「あ、はい。作家……ですよね？　今、話題の……」

「ホラ、知ってるじゃない」

「あの……？」

「私もね、作家なのよ」

「あ、そうなんですか……」

俺の返答を聞き、六番が苦笑した。

「やっぱ、駄目ね。私」

「そんなことないですよ！　作家なんてすごいじゃないですか！　どうして死のうと

なんてするんですか！」

　肩に置かれた透き通るような白い手を取り、六番に尋ねる。六番は、はぁとため息をつきながら、

「書けなくなっちゃったからよ」

　と、答えた。

「書けなくなったくらいで死ぬんですか？」

　驚きの声が口から飛び出す。

「くらい？」

　俺の言葉に、下がっていた目じりが幾分つり上がった。

「アナタに書けなくなった作家の気持ちがわかるの？　どんな感情に支配されるかがわかるって言うの？」

「……わかりません」

「恐怖よ！　恐怖そのものよ！　書くことしか取り柄のない私から書くことを奪ったら、何も残らないわ！」

「また、書けるようになるかもしれないじゃないですか！」

「しれない、でしょ？　このままずっと書けないかもしれないじゃない！　それにね、作家なんて人種はごまんといるの！　この世界はね、弱肉強食なの！　どんなに

いい作品が書けたって、売れなきゃ意味がないわ！　出版社だって、遊びで本と作家を創りあげてるわけじゃない！　いい作品＋《プラス》売れる作品でなきゃダメなの！　そうでなければ、ただの文字が書かれた紙クズでしかないのよっ！　毎日が戦争なのよ！　こうしている間にも、栄光を手にする新人がどんどんと生まれてくる！」

　ヒステリックな口調で、六番が叫ぶ。

「私はね、作家でいたいのよ！　作家でいなくちゃ嫌なのよ！　他の職業に転職するなんて考えたくもないの！　でもね、どうやっても書けないのよ！　何も浮かばないのよ！　だったら、作家であるうちに死ぬわ！」

「どうしてそうなるんですか！　なぜ書くことに固執するんですか！　人間なんて何も考えなくても生きていけるでしょう！　現に俺はそうですよ！」

「何それ？　それこそ意味ないじゃない」

「意味？」

「ええ。生きてる意味！　そんな考えで生きてるなら、アナタこそ、死ぬべきなんじゃないの？」

「え？」

「意味も目的もわからずのほほんと生きてるわけでしょう？　そんなの意味ないじゃない！　アナタ、自分の存在価値とか考えたことないの？　アナタみたいな人こそ、この列車で死ぬべきなんじゃない？」

「いや……、でも……」

「でも、何よ？　なんなの？　私を納得させられるくらい正鵠を射た発言がアナタにできるの？　意味もわからず生きてるだけのアナタに、私を説得させられるとは思えないけど？」

――意味……？　生きている意味？　そうなのか？　俺は死んだほうがいい人間なのか？　本当は生きることに意味があるのじゃなくて、死ぬことに意味があるのか？

まるで呪文を唱えられたように、心が一気に不安定の波にのみ込まれていく。

「留乃……」

「何？」

「俺は、生きてる価値のない人間かな？」

「何言ってるの！」

留乃が俺の手を強く握った。

「私には俊介君が必要だよ！　生きている価値のない人なんて一人もいないよ！」

留乃の言葉が液体となり、心の中に浸透していくような気がした。そしてそれが、心の不安を取り除いてくれるのがわかった。

いくら文明が発達しようとも、この世から自殺者がいなくなることはないだろう。

生きることは難しい。死ぬことよりも難しい。しかし、自ら命を絶つ人にそれなりの理由があったとしても、それは、生きる理由に勝てることはないんじゃないか？　生命を受けた俺たちは、寿命がくるまで生き続けるべきなんだ。それが、あるべき人間の姿じゃないのか？

「死ぬことに意味なんてありませんよ。生きることに意味があるんだ！　降りましょう！　書けなくたって、健康でいられればいいじゃないですか！　降りましょう！」

六番を説得する。しかし、六番は俺の手をどけ、

「放っておいて！　私の勝手でしょう！」

と、叫んだ。

やはり、彼らはいいコンビですね。

人はなぜ、生きるのか？

極限の選択に迫られた彼らに、その答えが生み出せるでしょうか？

私自身、考えます。

人はなぜ、生きるのか？

どうして人は、自殺をするのか？

この広い世界で、自ら命を捨てる生き物は、人間だけです。原始人から人間へと発

達してしまったばかりに、人間はいらない知識までをも備えてしまったようです。しかし、発達を遂げても、心のバロメーターは原始人と変わりない。だからこそ、人は備えられた感情をコントロールできず、心の病を引き起こすのでしょう。

この現代社会で生きるには、強い精神力を持たなければならない。頭でわかっていても、心は思うように作動してはくれない。だからこそ、心の病が生まれ、人は自殺をするのではないでしょうか？　私は、そう思うのです。

さて、それでは、死に逃げようとしている人間を、彼らはどのように説得するのでしょうか？

彼らが持つ力を、最大限に発揮していただきたいものです。

はたして、生きることに固執したフックは、ウェンディーの力を借りて、二人もの人間を説得できるのでしょうか？

ここは少し、見守ってみましょう。

悪魔のピーターパンでもある、この私が。

「さぁ、ではスピーチをどうぞ」

男が五番にマイクを差し出す。五番は軽く会釈し、マイクを受け取った。

「生きる意味がわからなくなりました。私は大学を卒業してからずっと、百貨店で洋服を売り続けてきました。入社した頃はよかった。誰しもが競い合ってオシャレを求め、頭のてっぺんからつま先までブランド物で固める、そんなバブルの時代でした。それから身の丈に合っていなくても、ブランドが彼らの中身をごまかしてくれました。大幅なコスト削減、当然のリストラ、支店の閉店は致し方ないことだったのです。わかります。理解できます。二十一年……。一年前にその百貨店は閉じました。私が経営者でもきっとそうしたでしょう。けど……。私の二十一年はなんだったのでしょうか？　皆さんにとってはたかが洋服。だけど、私にとってはされど洋服なんです。洋服は、もはや私の一部なんです！　それだけ私は、洋服に全ての力を注ぎ、頑張ってきたっ！　だけど……だけど、今、どこで四十を超えた男を雇ってくれるでしょう？　もう、生きる意味はないのです。私は……自分に負けた。もう、疲れ果ててしまったのです。限界なんです」

　五番の男は静かにうなだれた。

「わかります！　そうなんです！　誰しもが自分のことしか考えていない！　社会的弱者はいっつもほったらかしですよねぇ。アナタ、よく頑張りました。よくここまで生きてきました。もう大丈夫です。私が最高のエピローグを演出して差し上げます。私のこのゴッドハンドで、アナタの最期のエピローグを華やかに輝かせて差し上げましょう！」

男の言葉に五番は今にも泣き出しそうに顔を歪めていた。

「さぁ、それではどんな方法にしましょうか？」

五番は気を取り直したようにきっぱりと「絞殺で」と答えた。

「絞殺ですか」

「えぇ。よくテレビドラマなんかでやってるじゃないですか。アレを観るたび、どんな感覚なんだろう？　どれほど苦しいのだろう？　本当に息はできないのだろうか？って、すごく興味を抱いていまして……」

「絞殺は力が必要なんで、あまり得意なジャンルではないのですが……。まぁ、アナタのお命だ。アナタの望み通りにして差し上げましょう」

男はそう言うと、快楽薬を取り出し、五番に差し出した。

「どうぞ」

「ありがとうございます！　あの……」

「なんですか？」

「最後に、煙草を一本、吸わせてはいただけないでしょうか？」

「煙草……ですか？」

「えぇ。私はヘビースモーカーで……。最後に一本、お願いします！」

五番は胸ポケットから煙草を取り出し、男に頼み込んだ。男は一瞬迷った顔をしたが、「いいですよ」と、五番の手からライターを取り、火を点けた。

「ありがとうございます！」

五番は礼を言うと、煙草を銜え、男の出した火を煙草の先に点けた。

「あぁ、美味い」

白い煙を吐き出しながら、呟く。

「相当お好きなようですね」

「えぇ、精神安定剤代わりに、いつも吸ってましたから」

五番は、それは美味そうに煙をくゆらせながら、答えた。

「なるべく早くお願いしますね。なにせ今回は、参加者が二十二名もいらっしゃるので」

「やはり、快楽死させるのにお時間がかかるのですか？」

「いいえ、それはすぐ済みます。楽しい時間は一瞬です。時間がかかるのは、旅立った方のお身体を処分するのがね……。海へ行ったり、山へ行ったりしなくちゃいけないものですから……」

「あぁ、なるほど」

五番はそう答えると、思いっきり煙を吸い込み、はぁ、と吐き出し、男が差し出した灰皿に煙草を押しつけ火を消した。

「これで心残りはありません。ありがとうございました」

「じゃあ、始めますよ?」

男は五番の返答を聞くと、自分のウエストからベルトを外した。

「では、皆様! 霊柩列車、快楽死、第五弾です!」

男が五番の首に、ベルトを巻く。

「いきますよぉ~! そりゃっ!」

男が五番の首に巻いたベルトを力一杯締める。

「ゲフッ! グォオォォ!」

五番の足が、バタバタと動き出す。しかし、顔にはやはり、満面の笑み……。

――ヤバイ! 時間がない!

「本当に死んでいいんですか?」

六番に叫ぶ。

「うるさいわね! 今いいところなんだから、話しかけないで!」

「何言ってるんですか! あの人が死んだら、今度はあなたの番なんですよ!」

六番が真顔で俺を見る。

「そうね。……血が噴き出るのにしてもらうわ。私ね、こう見えてもホラー作家なのよ。血しぶき大好き人間なの」

そう言うと、六番は快楽部屋へと視線を戻し歓声を上げる。

「♪ヒュゥ！　♪ヒュゥヒュゥヒュゥ！　もっとやれぇ～！　そこだ！　もっと力強く締め上げろ～！」

――この人は、駄目だ……。

「そうだそうだ！　もっと派手に締め上げろぉ～！」

「血を吐かせて～」

「さっきみたいに生首にしちゃえよ！」

六番に続き、乗客が歓声を口にする。

――人が死んでいくたび、どんどんテンションが高まっていってる……。なんでだ？　なんで人が死んでいくのを、そんなに楽しそうな顔で見られるんだ？

理解できない。

『異常』。

その二文字だけが頭に浮かぶ。

たしかに生きるというのは辛いことだろう。楽しいことのほうが全然少ない。でも、だからこそ人は生きていけるんだと思う。毎日が自分の思う通りに進んでいったら、本当に楽しいことが訪れた時、人はそれを楽しいと思えなくなるだろう。毎日が楽しいことだらけだったら、本当に悲しいことや辛いことがあった時、人はその悲しみや辛さを乗り越えることができなくなるだろう。辛いことがあったって、悲しいことがあったって、苦しいことがあったって、その悲しみや辛さや苦しみは、永遠のものではない。

いつか、必ず幕を閉じ明るい光を射してくれる。

俺だって、両親から面と向かって愛情などという、甘美なものは受けずに育った。だけど、不幸だとは思わなかった。いや、思いたくなかったからか？　ただ、人から可哀想だと同情の目で見られるのも、嫌で堪らなかった。だから俺は、独りでも生きていける強さを得たいと、親からも、高野家からも離れたんだ。自分独りで全てを受け止める人生を選んだんだ。

選びたかったんだ。

本当は子供のままの俺だけど、せめて強く飄々と見せたかったんだ。

でも、その強さを身につける代わりに、人を愛することができなくなった。

愛されるのがどういうことなのか、愛するというのがどういうことなのか、俺にはわからない。

わからないからこそ、俺は愛から逃げたのか？　愛されることからも、愛することからも逃げたのか？

でも、この列車に乗って、俺は思う。生きたい！　生きて、留乃と共に、この列車を降りたい！　留乃を守りたい！　……そう強く思う。

「留乃！　次、行くぞ！」

「え……、あ、うん」

「どうした？」

その場に立ち止まる留乃に問う。

「いや、今の人……」

「六番？」

「そう」

「あの様子じゃ多分無理だ。行くぞ。時間がないんだ」

留乃の手を握る。

「ねぇ！」

歩みだそうとした瞬間、一人の少女がこちらに向かい歩んできた。まだ十代……、十八歳か十九歳くらいの、色が白く髪の短い、綺麗な顔立ちをした少女だ。赤い、ピチピチのTシャツにジーンズといった格好。腰でジーンズをはいているため、ヘソが露になっている。右腕に彫られた紅色の蝶のタトゥーが白く透きとおった肌から今にもはばたきそうだ。ゼッケンには、十二番の文字が書かれている。

「生きてたら、何かいいことってあんのかなぁ？」

――――！　一人目か？

「あるよ！」

期待から、一オクターブ高くなった大声が口から飛び出た。

「君、名前は？」

「雪《ゆき》」

「雪か。なぁ、雪！　一緒に降りよう！　降りて、生きよう！」

「うふふ」

俺の顔を見て、雪が笑った。

「な、何？　なんか変？」

「ううん。あんまりムキになってるから、おかしくなっちゃっただけ。ねぇ、アタシね、ずっとあなたのこと見てたの。それで、あなたに聞きたいことがあるんだけど」

「聞きたいこと？」

「うん。多分思い違いじゃなかったら、アタシとあなた、似ているんだと思うわ」

「似ている？」

「ええ。ねぇ、あなた、人を愛したこと、ある？」

「え？」

「愛したことよ。恋愛！」

とっさに、留乃へ視線を移していた。

「何？　あなたたち、もしかして恋人同士？」

雪が尋ねる。

「いや、幼馴染だけど」

「そう。よかった」

「え？」

「いや、なんでもないわ。で、ある？　人を愛したこと」

雪に問われ、考える。

今、俺は誰かを愛しているのだろうか？　雪から、留乃へと視線を移す。びっしょりと汗をかきながら、俺と説得に回る留乃に、生きていて欲しいと心から思う。留乃を失いたくないと、そう思う。

しかし、留乃を愛しているのか？　と問われたら、それは返答できない。自分で自分の気持ちが、まだわからない。

「……ごめん、わからない。今まで人を愛したことないんだ」

「やっぱり！」

パンッと手を叩き、雪が言った。

「やっぱりアタシと同じなんだわ！　アタシたち、同じ人種よ！」

「は？　同じ人種？」

「えぇ。アタシも人を愛せないの！　っていうか、愛がどんなものなのかわからないわ。受けたことないし、感じたこともないから！」

「そうなんだ……それで？」

「え？」

「愛を受けられないのが苦しくて、死のうと？」

そう言った俺の言葉に、雪が爆笑する。

「そんなんじゃないわよ。別に他人から愛されなくても、愛することができなくても、アタシ辛くないもん！　昔っからだから、もう慣れっこよ！」

「じゃあ、なんで？」

「なんとなく。生きててもつまんないし、スリルみたいなの？　味わってみたかっただけっていうかぁ」

「それだけでこの列車に乗ったのか？　なぁ、この列車がどんなものだかわかってるのか？　死ぬんだぞ！　殺されるんだぞ！」

「知ってるわよ。今までで四人も死んでるじゃない」

死体を指差し、雪が言う。

「そしてホラ、五人目」

雪が快楽部屋を指差す。ゲフッゲフッと口から息を吐き出しながら、五番が笑い悶えている。

「そろそろ死にそうね」

五番を眺めながら、雪が言った。快楽部屋に視線を移すと、ちょうど五番が息絶えるところだった。ベルトを掴んでいた手が、ダランと垂れ下がる。

「あらら、ご愁傷様」

雪は五番に向かい手を合わせた。

「なぁ、死ぬの怖くないのか？　ただスリルを味わいたいために死ぬのか？　そんなの間違ってないか？　生きてたってスリルは味わえるだろう！　いや、生きているほうがよっぽどスリルがあるじゃないか！　何が起こるかわからないんだから！」

雪に熱弁する。そんな俺を見て、雪がクスクスと笑う。

「そんなにマジにならないでよ。そんなに深く考えてこの列車に乗ったんじゃないんだから」

「何言ってるんだよ！　深く考えろよ！　死ぬんだぞ？」

「まぁね。でも、ホラ、美人薄命って言うじゃない？　蝶と一緒よ。冬を越せる蝶が少ないのと同じで、美しいものはそう長く続かないって言うか～……ね？」

そう言うと、雪は右腕のタトゥーをさらりと撫でた。たしかに美人だが、自らを美しいと言う雪に、半ば呆れていた。

雪が挑発するような目で俺の顔を覗き込む。

「ずいぶんと綺麗な顔立ちしてるのね。モテるでしょう？　女、寄って来ない？」

掌を俺の頬に当てながら、雪が言った。

「降りないか？　この列車から降りないか？」

「あなたは降りるの？」

「あぁ」

「そう、じゃあ、アタシも降りるわ」

――！　！　！

「本当か？」

「えぇ。アタシね、あなたに興味が湧いたの」

雪が俺の頬を摩る。

――一人目！

雪の手を取る。

「初めてよ。こんな感情。やっぱり、似ている者同士って引き合うのね」

雪が俺の顔を覗き込み、微笑んだ。

「留乃！　一人目説得成功だ！」

「本当⁉」

「あぁ！　一緒に降りてくれるってさ！」

「よかった～！」

留乃の表情が明るくなる。そんな留乃が、なぜか愛おしく思えた。

――もしかしたら、俺は留乃を好きなのだろうか？

初めて抱く感情に戸惑う。

「留乃さんていうの？」

雪が留乃に問う。

「はい。高野留乃です！」

「そう。アタシは雪。雪って呼んで。多分、アタシのほうが年下だろうから」

そう言うと、雪は留乃に向かい微笑んだ。

「あなたは？　なんて名なの？」

「俊介」

「よろしく、俊介」

雪が微笑む。

「はぁ、やっと逝ってくださいましたね。はぁ、疲れた。五番さん、なかなかしぶといから参りましたよ。やっぱり絞殺は苦手です」

汗をびっしょりかいた男が、五番の顔を左右に揺らして言う。

「さて、今ので結構時間ロスしちゃいましたからね。次々どんどんばんばん進めて参りましょうか」

男は五番の死体を抱え、待合室にある椅子へ置くと、早足で快楽部屋へと戻っていった。


おやおや、やっと一人目の説得に成功したらしいですね。

しかし、彼女はネバーランドへは相応しくない人材のようです。たとえるなら、ピーターパンに好意を寄せ、つきまとう、邪気を持った妖精、ティンカーベルといったところでしょうか？

私が欲しいのは、この私の心を惹きつけることのできるフックと、この私に相応しい永遠の少女、ウェンディーです。

やはり、人生思うようにはことは運びませんね。

もし、二人目の説得に成功し、この列車から降りることができたなら、彼女には彼らから離れてもらわないといけませんね。

そうでなくては、私の計画が成り立ちませんから……。

原作でも、ティンカーベルは、ウェンディーにヤキモチをやき、あらゆる嫌がらせをするのです。彼女は、邪魔でしかありません。

しかし、まだ降りられると決まったわけではありません。

時間も迫っております。新しい仲間を見つけたことで、彼らの動きがどう変わっていくのか……。

ここからが見物ですよね。

♪ジャジャジャジャーン、ジャジャジャジャジャーン。

車内の灯りが消え、「運命」が流れ出す。

「六番さん～！　どうぞ、快楽部屋へぇ～！」

男が待合室に向かい、叫ぶ。

「留乃！　雪！　行くぞ！」

俺たちは急いで六番の許まで駆け寄る。懐中電灯の灯りが六番に向けられる。

「やっぱり降りましょう！」

六番の腕を掴み、言った。六番が怪訝な顔で俺を見る。

「何言ってるの。もう、私の番なのよ」

「仲間が見つかったんです！　あなたが首を縦に振ってくれれば、俺たちは列車から降りられる！」

「だから、さっきも言ったでしょう！　私は死ぬのよ！」

「書けるかもしれないですよ！」

「え？」

「あなたはホラー作家なんですよね？　こんなに血を見てるんだから、冷静になればいろいろ浮かんでくると思うんですけど……」

留乃が言う。六番が考える素振りを見せる。

「たしかに、私はホラー作家だけど……」

「だったら、きっと書けます！　こんなにたくさんの人が死んでるのを見てるんですから！　それも、普通の死に方じゃないんですよ？　列車を降りて、冷静になれば、いい案がポンと浮かぶかもしれないじゃないですか！　いえ、きっと浮かびます！」

留乃が熱弁する。

「だから、何回も言ってるでしょう。私は書けなくなっちゃったのよ。いつまでも書けない作家なんて、出版社も見捨てるわ。たとえ私がこの列車から降りて新作を書いたとしても、売れなきゃ意味がないの。頑張ることなら誰だってできるわ。要は、結果よ。結果が全て。今の私には納得できる作品が書けるとは思えない。そんな作品、読者だって読みたくもないでしょうよ」

「最初は書けてたんでしょう？」

雪が会話に割り込む。

「どうやって書いてたの？」

「どうって……、頭の中で繰り広げられる空想を文字にしていただけよ」

ぶっきらぼうに六番が答えた。そんな六番に、飄々とした口調で雪が言う。

「だったら、また空想すればいいじゃない。簡単なことでしょう。それとも何？　空想自体ができなくなっちゃったの？　だったら、アタシが空想してあげましょうか？　あなたはそれを文字にすればいいじゃない」

「私に喧嘩を売ってるの⁉」

六番の表情が一変して険しくなった。そんな六番に、雪が笑う。

「別に。喧嘩なんか売ってないわ。そんな暇ないわよ。ただ、よくわからないけど、そういう世界ってダミー使うこともあるんでしょう？　本当は違う人が書いてる文章を自分の名前で出版したりとか。テレビで見たことあるわ。でも、お金はもらえるんでしょう？　だったらラッキーじゃない。ビジネスライクに考えればいいのよ」

六番の目がカッと見開く。

「アナタに出版業界の何がわかるって言うの！　この世界はそんなに甘いものじゃないのよ！　それに、ただ空想すりゃいいってもんじゃないのよ！　ただ空想するだけで作家になれるんだったら、この世の人間は全員作家だわ！」

迫力のある怒声を放つ六番。しかし、雪は平静を保ち言う。

「だから、面白いものを書ければいいんでしょう？　だったら売れるような面白い空想をすればいいだけじゃない。そんなに熱くなんないでよ。簡単なことよ。気軽に考えられないからできるもんもできないんでしょ！」

「簡単？　呆れた！　呆れ果てたわっ！　アナタ、自分が売れるような素晴らしいものを産み出せるとでも思ってるの？」

怒りを露に、興奮した口調で六番が雪に問いかけた。雪は一つ頷き、「あなたよりはね」と答えた。六番はワナワナと身体を震わせた。

「雪！」

雪を制す。これでは説得ではなく、六番の言う通り喧嘩を売ってるだけだ。

「と、とにかく……、降りましょうよ。ね？」

六番に言う。しかし、六番は雪を睨みつけたまま、こちらを一瞥もしない。よほどプライドを傷つけられたんだろう。当たり前だ。

「きっと書けます。書くことがあなたの生きがいならば、書かなければいられなくなる。ただ、今はちょっと羽が折れてるだけです。折れた羽が回復すれば、きっとまた飛べます。前よりも増して、優雅に、そして可憐に……。だから、生きてください。

今の苦しみも悲しみも、全て作品に注いでください。私、高依さんの新刊が出るの、楽しみに待ってますから！」

場を取り成すように、留乃が言った。

「そうだ！　きっと、書ける！　書けないわけないっ！　世の中にたくさん作家がいても、こんな体験をした作家はあなただけなんだから！」

六番に向かい叫んだ。

「おやぁ～？　お仲間、見つけたんですかぁ～？」

仏頂面をし、男が俺たちを見る。

「ごめんなさいね。この彼に興味が湧いちゃったの」

雪は謝ってはいるものの、どこか高飛車な口調だ。

「ふんっ！　別にいいですよ。条件は二名見つけるってことですから！　お一人見つけただけじゃ、列車は止めませんからね！」

そう言うと、男は俺たちに向かいあっかんべーをして見せた。

――アイツの思考回路は三歳児で止まってるんじゃないだろうか？

「絶対に書けるはずです！　売れるようなすごい作品を、絶対！　留理子さん！」

留乃が、六番に説得を続ける。六番は腕を組み、考える素振りを見せたあと、真顔に戻り、

「やっぱいいわ。今まで出した作品も、遺作なら売れるかもしれないしね」

と言い、快楽部屋に足を運んだ。

「留理子さん！」

六番の後ろ姿に叫ぶ。投げキッスをすると、六番は俺の声に振り向かずに、手だけを振って見せた。

「駄目だわ、アレ。説得しても無駄よ」

雪が言う。

「なんで？」

「芸術家は死ぬものだとでも思ってるんじゃない？　私に言わせれば、ただの芸術かぶれのアホそのものね。結局、自分に酔いしれてるのよ。時間をロスするだけだわ。次、行きましょう」

俺と留乃を置いたまま、雪はスタスタと進み二十代の男性に声をかけた。

「ねぇ、一緒に降りてくれない？　一緒に降りてくれたら、一発やらしてあげてもいいわよ」

二十番の文字が書かれているゼッケンを身につけたマシュマロカットの男は、あんぐりと口を開け、目を見開き雪を見ていた。相当ビックリしたようだ。ひょっとこのような顔をしている。無理もない。

雪の言葉に、留乃も、この俺さえも、鳩が豆鉄砲をくらったように、ただただ唖然としていた。

「ね？　降りましょう？　やらせてあげるから！　気持ちいいことしましょうよ！」

人差し指で二十番のふっくらした左腕をツツツと撫で、雪が言った。

「な、なんだ、お前！」

我に返ったように、一歩後退し、二十番は雪から離れた。

「何よ？　アタシじゃ嫌だっていうの？」

腕を組み、雪が二十番を睨みつける。

――たしかにいい作戦かもしれない。これで降りてくれればラッキーだ。

雪と二十番の様子を窺う。二十番は、顔を真っ赤にし、後退した。

「何よ？　アタシとヤリたくないの？　私じゃ不満？」

二十番の首に手を回し、上目遣いで雪が問う。

「ねぇ、照れないでこっち見てよ。いい女でしょう？　こんな機会でもなかったら、アタシみたいな女、抱けないのよ。あなた、ラッキーだったわね」

「離れろよっ！」

二十番は顔をさらに真っ赤に染め、ますますひょっとこのような顔になり、雪から離れた。

「あら、まだ照れるの？　照れることなんてないわよ。性欲は誰にでもあるんだから」

雪は二十番の左腕をからめ捕るように抱き込むと胸に押しつけた。二十番は熱湯にでも触れたようにビクッと身体を震わせ腕を引き抜く。

「そう、アタシじゃ勃たないのね？　ムカツクけど、今はそんなこと言ってる場合じゃないし、まあいいわ。じゃ、あの子でどう？」

留乃を指差し、雪があっさりと言う。

――何言い出してんだ、コイツ！

「嘘です！　この子はそんなことしませんから！」

慌てて留乃を庇うように覆い隠し、二十番に言う。

「あら、なんで？」

すっとんきょうな声で、雪が言う。

「なんでって、当たり前だろう！　何考えてんだよ！　お前！」

「助かるならいいじゃない」

「売春してどうすんだよ！」

「あら、売春だって考えるからいけないのよ。それにお金もらわないから。SEXなんて、ただのスポーツ。そう思わない？　エクスタシーを感じながらカロリー消費できるんだから、これほど素敵なスポーツはないと思うけど。それにSEXすると女性ホルモンが活発になるのよ。美しさの秘訣でもあるわ」

俺を女にしたら、こんな奴になるんだろうか？　似ていると言われたことが、今はショックで堪らない。

たしかに俺もＳＥＸはスポーツとしか考えていない。一発ヤッただけで、増えたり減ったりするものでもない。チャンスが訪れるなら、欲望のまま気持ちいいことをしたほうが得。

しかし、ここまであからさまに言葉にされると、さすがに引く。

「お前ら、なんなんだよ！　なんだ、この変な女！　俺はな、死ぬって決めたんだよ！　話しかけるな！」

二十番が、俺らに向かい叫んだ。

「はぁ〜？　チョット！　変な女って何よ！　アンタこそ、デブのブ男じゃないの！　アンタなんて、こっちから願い下げだわ！」

雪が、二十番に突っかかる。

「なんだと！　お前こそ、ただの淫乱女じゃないか！　俺に近寄るな！　早くあっちへ行け！」

二十番はますます顔を真っ赤にし、雪に叫ぶ。

「は？　何言ってるの？　アタシは普通よ。アンタがムッツリスケベなだけでしょう。あぁ、嫌だ。アタシ、ムッツリスケベが一番嫌い！　キモイNO1！」

「うるさいっ！　お前のどこが普通なもんか！　この淫乱女淫乱女淫乱女！」

「なんですって！」

「雪！」

二十番に喰らいつく雪の腕を引っ張る。

「やめろ！　味方探してるのに、敵作ってどうすんだよ！」

「だって！　コイツがアタシのこと侮辱するから！」

「いいからやめろっ⁉」

怒鳴った俺を、雪が睨む。

「何よ！　人がせっかく身体張って仲間見つけてあげてるっていうのに！　怒鳴ることないでしょう！」

矛先が、俺に向く。

「怒鳴ったことは悪かったけど、でも、俺らがしなくちゃならないことは、説得なんだ。誘惑じゃない。生きたいと思わせなきゃいけないんだよ！」

「だから、SEXしたいって思えば、生きたいって思うでしょ？」

「そういうことじゃなくて……」

——どう言えばわかってもらえるのだろうか？

ため息が口から漏れる。

「とにかく、そんな、エサで魚釣るような説得方法じゃなくてさ、もっと、こう、なんていうか、心から生きたいと思ってもらわなきゃ！　自分の意思で、この列車から降りたいって思ってもらわなきゃ駄目なんだよ！　それに、今俺たちに必要なのは、チームワークだよ！　てんでんバラバラに動いてちゃ駄目なんだ！　もう時間がないんだ！　三人心を一つにして、説得に当たらなくちゃいけないんだよ！　雪……わかってくれたか？」

聞き分けのない子供に言い聞かせる母親のような口調で、雪に言う。雪は俺の言葉に、納得はしてないものの仕方ない、といった顔で、頷いた。

「わかってくれたよな？」

なだめるような口調で、雪に問う。

「……わかったわよ」

雪は唇を尖らせながらも、同意した。

「ありがとう！」

雪の両腕を掴み、礼を言った。そんな俺を、雪が見つめる。

「あなたって、不思議な人ね」

「え？」

突然、雪が俺に抱きついた。

「もっと早くにあなたに出逢っていたならば、アタシも少し変われてたのかな?」

「え?」

「あなたへの興味、大きくなっちゃった」

雪の身体を離れさせる。雪は俺の首に手を回したまま、話し出した。

「アタシね、小さい頃から、両親に虐待受けて育ってんのよね」

「虐待?」

「えぇ。物心つく前からずっと。うちのパパね、どうしようもない駄目オヤジなの。定職にも就かないで、酒ばっか飲んでて、それで家族に手上げて……。うちのママは働かないパパの分まで働いて、なんとか生計立ててやってきたんだけど、働くとストレス溜まるらしくてねぇ。何かあるたび、アタシのこと殴ってた」

「そうなんだ」

「両親から愛されたことがないのよ」

「………」

「だからね、人をどう愛していいのかもわからないし、愛されることにも慣れてないの。女の子同士でさ、捨てたの捨てられたのって騒いでたりするじゃない? アタシにはさっぱりわからない。売りやってる女子高生にどっかのおばさんがギャーギャー言ってるよね？　何あれ？　音楽とか聴いて泣いてみたりさ、なんで泣いてんの？　イラクでさ、兵隊さんが死んだってテレビでやってるよね？　アレ、戦争でしょ？　死ぬでしょ、フツー。ついてけないのよ。世の中に。皆が何考えてんのかわかんないし。だからね、今まで自分以外の人間に興味なんてなかったんだけど、あなたは違うの。不思議なくらい俊介のことが気になっちゃうの。なんでだろう？　こんなの初めてだわ」

雪はそう言うと、俺の唇にキスをした。

「おっ！　なっ！　何すんだよ！」

いきなりのことに、思わずたじろぐ。

「フフフ。ファーストキスじゃあるまいし。スキンシップよ。仲良くやっていきましょう」

「……あぁ」

俺の返答を聞くと、雪はにっこり微笑んで見せた。

「さぁ〜て、霊柩列車、快楽死、第六弾！　です！」

「運命」が止み、男の声が、スピーカーから流れ出した。さっきよりも、ずっとテンションが上がっている。

「リクエストはありますか？」

薄笑いを浮かべ、男が六番に問う。

「あるわ！」

腕を組みながら、六番が答える。

「どんな？」

「眼球を抉り出して欲しいの！」

目を輝かせ、六番が言う。

「眼球？　ですか？」

「そう！　眼球！」

「抉り出すんですか？　眼球を？」

「そうよ！　抉り出すのよ！　眼球を！」

「そうですか。抉り出すんですか。眼球を……。ずいぶんと変わったリクエストですねぇ」

男が苦笑いをし、言う。

「ねぇねぇ」

六番が、男の袖を引っ張る。

「なんです？」

「聞きたいことがあるんだけど」

「聞きたいこと？」

「ええ。アナタ、高依留理子って知ってる？」

「ええ。知ってますよ。ホラー作家でしょう？」

「知ってるの!!!」

上ずった声で叫ぶと、六番は椅子から立ち上がった。

「それが、何か？」

首を傾げ、男が六番に問う。

「高依留理子の本は読んだことあるの？」

興奮した様子で、六番が男に問う。

「ええ。ありますよ。私、活字中毒ですからね。たいていの本は読んでます」

「どうだった？」

「はい？」

「読んで、どうだった？　感想が聞きたいのよ！」

「彼女の本ですか？　たしか『闇からの手』って本、ありましたよね？」

「そう！　あるわ！　どうだった？」

興奮した六番の声が、待合室中に響いている。六番の問いかけに、男はしばし考えた素振りを見せると、

「次回作も……期待はできませんね」

と、苦笑しながら答えた。

「な、なんで?」

男は斜め四十五度を向き、話し出した。

「ホラーといったからって、スプラッタにすればいいってもんでもありませんからねぇ。ストーリーラインがしっかりしてなきゃね。しっかりとしたストーリーラインに上手い具合に恐怖がねじ込まれていれば、ちゃんとした作品なんだと思うのですが……。高依留理子の作品には、それを感じませんでした」

男の言葉を聞いた六番は、一気に興奮が冷めた様子で、何も言わずに椅子に座った。

「でも、なんでそんなこと聞くんですか?」

「いいの。なんでもないわ。気にしないで」

生気を失った顔で、六番が答える。

「さっきから変なことばかり言う人ですねぇ」

男が、六番の顔を覗き込む。

「あ! まさか……!」

男が、ニンマリと笑う。

「あなたが、高依留理子さんご自身なんですかぁ?」

「そ、そうよ！　悪い？」

「それはそれは、どうも失礼いたしました！　そうですかぁ。あなたが高依さんでしたかぁ。いやぁ～、眼球を抉り出すってのも納得ですねぇ。高依さんの本は、ここぞとばかりに眼球が飛び出ますからねぇ」

「バラエティがなくて悪かったわね！」

六番が男を睨みつける。

「いえいえ、そんなことは……」

そう言いながらも、男はイヒヒと不気味な声で笑った。

「さぁ、どうぞ。コレが快楽薬です」

小瓶から白い錠剤を二錠取り出し、男は六番に手渡した。

「コレがねぇ～……」

六番が、手渡された錠剤をまじまじと見つめる。

「何か思い浮かびました？　作品に関するものが」

意地悪く、男が言う。男の言葉に、六番が首を横に振る。

「駄目だわ。やっぱり、何も浮かばない」

そう言うと、六番は錠剤を口に含み、飲み込んだ。

「いいですか？」

男が、六番に問う。

「えぇ」

六番が短い返答を口にする。

「では、皆様！　霊柩列車、快楽死第六弾！　幕開けで〜す！」

待合室にいる乗客に向かい、男が叫ぶと、待合室に拍手が沸く。

「眼球をくり貫くんだって！」

「俺、眼球抉り出すのなんか見たことねぇよ！」

「私だって、漫画や映画でしかないわ！　普通、見られるものじゃないわよ！　実際に見られるなんて、ラッキーね！」

「どうやって抉り出すんだろう〜」

「器具とか使うのかな？　それとも、指でくり貫くのかな？」

待合室に座っていた乗客は口々に言い、まるでカエルの解剖を見るように、六番が死んでいく姿を見ようと、快楽部屋のガラスに張りついている。

「では、スピーチをどうぞ」

男が六番へ金色に塗られたおもちゃのマイクを差し出す。六番は、「ど〜も」と、言いながら、男からマイクを受け取った。

「私は、高依留理子というペンネームで、ホラー小説を書いている者です。でも、書けなくなっちゃったんです。ある日、突然に……。私から書くことを取ったら、何も残らない！　私は、作家であるうちに、死にたいんです！　死は怖い！　死ぬことは、そりゃぁ怖いです！　でも、書けないほうが、作家でいられなくなるほうが、もっともっと、怖いんです！　ですから、私は、快楽を味わいながら、今日、死にます！　どうか皆様、私の死に拍手をしてはくださいませんでしょうか？」

待合室が盛大な拍手に包まれる。

「ありがとうございます！　一度、経験してみたかったんですよ。盛大な拍手。本当は、何かの文学賞みたいなの取っちゃった時に、今みたいな盛大な拍手に包まれたかったんですけど。でも、まぁ、芸術家は短命ですから。私も決意を固め、旅立ちたいと思います！」

――選挙演説みたいだな……。

六番はいやに張り切った口調で、スピーチを続ける。

「では、私は一足先に、あの世へと旅立ちます！　もう、この世界に戻ることはありません。後悔しないか？　今、自分に問いかけても、答えはすぐに出てきます！　後悔はしない！　私は、胸を張って、高依留理子のまま、死にます！　以上です！　皆様、ありがとう！　ありがとう！」

はぁ～と、息を吐き出したあと、六番は男にマイクを返した。

「気が済みましたか?」

「えぇ」

「なかなかいいものでしょう? 注目される中スピーチするのも」

「そうね。気持ちよかったわ」

「そうでしょう、そうでしょう」

男は満足気に、数回頷いた。

「で、眼球を抉ったあとは、どうします?」

「え?」

「いや、眼球を抉っただけじゃ、死ねませんから。失明するだけで、命は助かっちゃいます。それじゃ、困るでしょう?」

「そうね。気づかなかったわ」

「だから売れな……あ、いえ、で、どうします?」

六番はう~んと唸りながら、首を傾げ、

「一気に喉を切り裂いて」

と、答えた。

「長~く快楽を味わわなくていいんですか?」

「ええ。あの世がどんなところなのか、早く見たいしね。喉を切り裂かれるのがどんな感覚なのかも、味わいたいから。ホラ、私の作品、首を一気に切るって場面、多かったでしょ?」

「えぇ、そういえばたしかに。そうですか。わかりました。では、早速始めましょう」

「えぇ。そうして」

六番の返答を聞いたあと、男は白い布製の手袋を取り、代わりにゴム手袋を着用した。

「いやいや、でも、緊張しますねぇ」

六番の目をじっと見つめ、男が呟いた。

「え?」

「いや、今まで、数えきれないほどの人々をあの世へお送りしましたが、眼球を取り出してくれと申し出たのは、あなたが初めてなんですよ。ホラ、普通、自ら望まないでしょう。大抵の方は、目だけは綺麗なまま残したいっておっしゃいますから」

「そうなの?」

「えぇ。普通は」

「ふぅ〜ん」

どうでもいいと言ったように、六番が曖昧な返事をする。

「で、本当にいいんですか? 目玉くり貫いちゃって」

男が六番に再確認する。六番は返答の代わりに、深く頷いた。

「そうですか。じゃ、いきますよ？」

緊張した様子で男が言う。ゴム手袋をはめ、その手を見つめるその姿は、不吉な魔術師のようだ。

「えぇ」

六番が答える。

「では、六番さん、快楽死スタートです〜！」

六番の絶叫が響き渡る。

「ね？　あの女、説得しても時間の無駄だったでしょう？」

俺の肩に手を置きながら、雪が言った。

「留乃さん、目が見えなくてよかったわね。すごい映像よ」

「お前、そういう言い方ないだろう」

無神経な、雪の言葉にムカつく。

「あら、だって、あんな映像見たくもないでしょう？」

「だからってなぁ！」

「俊介君！　いいから！」

ムキになった俺を、留乃が止める。

「俊介君！」

「でも！」

「本当に！　いいの！」

留乃はそう言うと、右手を差し出し小さく微笑んだ。

「手、握ってて。早く説得開始しよう？」

「……あぁ」

差し出された右手を握る。

「なんかアタシ悪者みたい！　気分悪いわ！」

俺たちを見て、雪が悪態をつく。

「別に、悪者になんてしてねぇだろ！」

「だって！　そんな感じなんだもん！」

雪が頬を膨らませ俺らを睨む。

「アタシだけ除け者？　感じ悪い！　さっきから率先して説得してんのはこのアタシなのよ？」

「ごめんなさい、雪さん」

「別に！　あなたに謝って欲しくて言ってるんじゃないわ！　あんまり、でしゃばらないでくれる？　ま、いいけどね」

――対照的だな……。

二人を見て思う。雪に対し苛立ちが湧くが、仲間割れをしている場合ではない。もう、六人目が快楽死＝惨殺されようとしている。誤差はあるものの、一人だいたい十五分。留乃の番号が九番。ざっと計算しても、あと、約三十分しかない。

時間がなさすぎる！

タイムリミットは目の前にせまっている！

「雪、ごめん。悪かった。機嫌直して」

心とは逆の言葉が、口から出る。雪は膨らませた頬を戻し、俺を見つめた。

「あなたのそういうところも、どこか惹かれる」

そう言うと、雪は俺の頬にキスをした。

「さっ、急ぎましょう。ホラ、もう、あの作家さん死んじゃうわ」

快楽部屋を指差し、雪が言う。快楽部屋に視線を移すと、男が六番の喉を切り裂いているところだった。六番の口から、多量の血が吐かれている。

「……急ぐぞ！」

留乃と雪を連れ、説得を再開する。

「雪！　俺と留乃はあっちから説得するから、お前そっちから説得してくれ！」

「何？　別行動するの？」

「時間がないんだ！」

俺の言葉に、雪は再び頬を膨らませたが、

「……わかったわよ！」

と答え、右方向に走っていった。

「説得だぞ！　誘惑じゃないからな！」

雪の背中に叫ぶ。

「わかってるってば！」

振り向き、雪が叫ぶ。

乗客を見渡す。皆が快楽部屋に釘づけになっている中、ぼ〜っと携帯を見ている十代の少女を見つける。

「留乃、走れるか？」

「う、うん」

「俺の手、しっかり握ってろよ！」

「うん！」

「行くぞ！」

留乃の手を引き、少女の許まで駆け寄る。

「なぜ死のうとする？」

少女の手首を掴み、問う。セーラー服姿で長い髪を一つに結った少女は、一重の目を俺に向けた。パンツが見えるほどのミニスカートから伸びた足は、お世辞にも細いとは言えない。ゼッケンに、十七番の文字が書かれている。

「降りないか？」

十七番の目を見つめ、言う。十七番は俺の目を見たまま、首を横に振った。

「頼む！　一緒に降りてくれ！　頼むから！」

十七番に懇願する。しかし、十七番は首を横に振り続ける。

「……死にたいの。放っておいて」

「どうして死にたい？」

「……振られたから」

俺の目を見つめたまま、十七番が呟くように言った。

「え？」

どういう意味かわからず、聞き返す。十七番は面倒くさそうに、

「彼氏に振られたから」

と、言葉を継ぎ足した。

「男に振られたくらいで死ぬのか……？」

驚きの声が飛び出していた。十七番は気分を害したように、俺を睨みつけた。

「悪い？」

「え？」

「振られたくらいで死んじゃ悪い？」

　十七番の目に涙が浮かぶ。十七番は俺を見つめたまま叫び出した。

「好きだったのよ！　大好きだったのよ！　まだ、好きなの！　まだ、大好きなの！

忘れられないの！　苦しいの！　苦しくて耐えられないの！」

「だからって死んでどうなるんだよ！」

「苦しみからは逃れられるわ！」

「生きてたら、また別の人を愛せるかもしれないじゃないか！」

「嫌よ！」

「え？」

「彼じゃないと嫌なの！　健《タケル》じゃないと嫌なのよ！」

　十七番の頬に、大粒の涙が落ちた。

「そんなの一時の感情で、また別の誰かを好きになれるかもしれないだろう？」

「どうしてそう言い切れるのよ？」

　感情的に十七番が叫ぶ。

――こういう状態の時は、普通に説得しても駄目だな……。一か八か……。

留乃の手を離し、十七番を抱きしめた。

「な、何よ……何……すん……」

「辛かったな。可哀想に」

十七番の髪を撫でながら、言う。

「でも、君なら、また別の誰かを愛せるよ。俺が保証する」

「そ、そんなの、あなたにわかるわけ……」

「わかるよ」

「な、なんで？」

「理由なんかないよ。ただ、わかるんだ」

「…………」

強張っていた十七番の身体が、力をなくす。

——二人目か？　もう少し！　もう少しで落とせる！

「だから、降りよう？　降りて、また恋愛しよう？　俺が応援するから」

そう言った瞬間、十七番が俺を突き飛ばした。

「自分が降りたいばっかりにそういうこと言ってるんでしょう！　嘘よ！　嘘ばっかりなのよ！　男なんて、嘘しかつかないんだわ！　その場の雰囲気に任せて、適当なこと口にしてるだけなんだわ！」

「そんなことないよ！」

「あるわ！　あなた、健そっくり！」

そう言うと、十七番は携帯を弄くり、メールボックスを開いた。

「コレ、見てよ」

「え？」

「読んでみてよ」

十七番が携帯を俺に手渡す。

「読んでいいの？」

「ええ」

開かれたメールを読む。

あゆみへ
俺、あゆみに会うまで、人を本気で好きになれなかったんだ。
いつも、空回りで、ろくな恋愛してこなかった。
でも、あゆみに出会って、俺は変われた。
俺、あゆみと出会うために、今まで恋愛に失敗してきたんだよね。
あゆみ、俺、あゆみのこと大好きだよ。

だから、あゆみも俺のこと好きでいてくれるなら、俺のこと信じてついて来て。

ずっとずっと、一緒にいようね。

あゆみの健より。


「…………」

こっぱずかしい文面に、言葉を失う。こんな奴に似ていると言われたのか……、と、身体が脱力する。ハッキリ言ってショックで仕方ない。自分でいうのもなんだが、ここまで低レベルではない。

「読んだ？」

十七番が問うた。

「……うん」

短い返答を口にする。

「こんなこと言っておいて、自分で信じろって言っておいて、ほいほいと他の女のところに行っちゃうんだから！　もう、私、男なんて信用できない！」

そう言うと、十七番は再び泣き出した。もう、なんと言っていいのかわからない。

「留乃……、会話聞こえてた？」

「うん。聞こえてた」

「バトンタッチ」

「わかった。彼女と話させて」

「頼むね」

留乃を十七番の横に座らせる。十七番は俯いていた顔を上げ、留乃に視線を移した。

「私も、報われない恋愛をしています」

留乃が、柔らかい口調で話し出す。

「でも、私、その人を愛したこと、誇りに思うんです。人を愛せたこと、誇りに思うんです。あなたは、その彼を愛したこと、後悔してるんですか？」

「後悔……しているわけじゃないけど……。でも、辛いのよ！　苦しいのよ！　愛し合ってた！　愛し合ってたからこそ、身体も通じ合えた！　でも、私はただヤラれてただけ！　結局、ダッチワイフと同じだったのよ！」

十七番は顔を覆い、再び泣き出した。

十七番が愛した奴がどんな奴かは知らない。だが、まだ俺よりはマシな奴だろう。

女をSEXの道具としか思っていなかった俺よりは。

俺が邪険にしてきた女たちも、皆、こんなに苦しんだのだろうか？

愛とはなんだろう？

SEXとはなんだろう？

人を恋しく想う気持ちが強まった時、人はそれを愛と呼ぶのだろうか？　愛し合う者の気持ちが通じた時、初めてSEXが成り立つと人は言う。だとしたら、俺は今まで、成り立つことのない行為を犯してきたことになる。込み上げる後ろめたさを胸に、十七番を説得する留乃を見ていた。

「私も辛いですよ。私も苦しいです。でも、辛いよりも苦しいよりも、好きって感情が勝ってるんです。生きてれば……」

「あなたの好きな人って、その彼じゃないの？」

十七番が、留乃に問う。

「え？」

留乃が聞き返す。

「あなたの好きな相手よ。そこにいる彼じゃないの？」

十七番の言葉に、留乃は恥ずかしそうにゆっくりと頷いた。

「好きな相手に大事にされているあなたに、私の気持ちなんてわからないわ！　あなたの辛さと私の辛さのレベルを一緒にしないで！」

十七番は再び顔を覆い隠し泣き始めた。

「待ってください！　私と俊介君は、そういう関係じゃ……」

「うるさいわね！　もうあっちに行ってよ！　放っておいて！」

「聞いてください！　私たちは……」

「無駄だよ！」

必死に説得をする留乃へ、幼い声が言った。声の方に振り向くと、悠太が体育座りをし、こちらを見ていた。

「お兄ちゃんもお姉ちゃんも、無責任なこと言って引き止めるのやめなよ！　生きてたって、いいことなんてないんだから！　皆、腐ってるんだから！　この世界はクズ共の集まりなんだから！」

「生きてたら、なんだってできるだろう？　死んだら、それで終わりなんだぞ！」

悠太に言う。しかし、悠太は首を横に振り、俺を見る。

「違うね。生きてるから、なんにもできないんだよ。死ねば、あの世で自由になれる。拘束もない。そのほうが、遥かに幸せだよ」

そう言う悠太の瞳は、悲しみに満ちていた。

――幼い頃の俺みたいだな……。

悠太を見て、思った。

「お前、間違ってるよ」

呟くように悠太に言った。

「生きてりゃ、なんだってできるんだよ。死ぬ気でやれば、できないことなんてないんだよ。お前なんて特にそうだよ。まだ、そんなに小さいのに、可能性、自分で潰すなよ」

悲しかった。言いようのない悲しみが溢れていた。

「悠太君は、どうして死にたいの？　どうしてそんなこと考えちゃうの？」

留乃が、穏やかな、でも、悲しそうな声で悠太に聞いた。悠太は床の一点を見つめながら、静かに口を開いた。

「嫌になったからだよ。このまま大きくなっても、どうせ僕だって汚い大人になる」

「汚い大人？」

「そう。汚い大人。僕の周りには、汚い大人しかいないもん。僕が知っている大人は、皆汚いもん」

「お父さんとお母さんも？」

留乃の問いに、悠太はいったん視線を上げたあと、再び床へと戻した。

「いないよ」

「え？」

「僕には、お父さんもお母さんもいないよ」

「どういう……意味？」

留乃が問う。

「捨てられたんだ。僕は、施設で暮らしてる」

「そう……なんだ……」

どう答えればいいのかわからなかったんだろう。留乃は、そう言うと俯いた。

「それで死にたくなったのか？」

かがみ込み、悠太の目線に合わせ、聞いた。悠太は俺の目を見ると、いいや、というふうに首を横に振り、再び床へと視線を落とした。

「それで死にたいなら、とっくに死んでるよ。もっと前にね」

「じゃぁ、どうして？」

「……学校で……」

「学校で？」

「…………」

悠太が黙り込む。

「いじめられてるのか？」

そっと、悠太に聞いた。悠太は俺の目を見て、浅く頷いた。

「それで？」

悠太が頷く。

「先生には言ったの？」

留乃の問いに悠太が首を横に振る。

「……でも、知ってる」

「え?」

「先生、僕がいじめられてるの、知ってる」

「知ってて何もしてくれないのか?」

「……うん」

――面倒なことは見て見ぬふり……、わかってはいたけど、そんな世の中か……。

俺は悠太の腕に手をかけた。反射的に手を引っ込めようとするのを強引に掴み、ジャージの袖を一気に引き上げた。いくつもの痣と火傷の痕。子供は遠慮がない分、残酷だったりする。今のいじめは、俺らが知ってるいじめより、もっともっと残酷なものへと変化してるんだろう。

俺のことをじっと見上げている悠太を見て、切ない想いが込み上げた。

「誰にも、いじめのこと相談できずに苦しんでたのか?」

「ううん。言った……」

悠太は袖を元に戻しながら、呟くように言った。

「友達に?」

「ううん。僕に友達なんていない」

悠太が首を振る。

「じゃあ、誰に？」

「……園長先生」

小さな、消え入りそうな声で、悠太が答えた。

「園長先生はなんだって？」

「……僕が悪いって」

「え？」

「……僕が悪いからいじめられるんだって……」

「なんでだよ？　お前、何かしたのか？」

悠太が首を横に振る。

「じゃあ、なんで……」

「僕に……、僕に悪いところがあるから、いじめられるんだって。反省しろって。みっともないから、先生にも言うなって……」

悠太の大きな瞳から、涙が溢れる。

「そんなこと言われたのか？　それで、死にたくなったのか？」

俺の問いに、悠太はゆっくりと、深く、頷いた。

――それで、汚い大人……か。

ようやく、悠太の言っていた意味がわかった。

「なぁ、悠太……。降りよう？」

悠太は俯いたまま頷かない。

「お前は悪くないよ。でもな、大人ってもんは、皆汚いんだよ！　そういうもんなんだよ！　そうしないと、この社会で生きてけねぇんだよ！　誰かに頼ろうとすんなよ！　自分の身は自分で守れよ！　俺はそうして生きてきたぞ！」

「お兄ちゃんにもお母さんやお父さんがいないの？」

「いるよ！　でもなぁ、うちの親父たちは俺に関心なんて微塵もないんだよ！　昔からそうなんだよ！　小さい頃なんてなぁ、ずっと、この留乃の家に預けられてたんだぞ！　飯だって留乃の家で食ってたんだ！　俺はそれでも、寂しくても、死のうとなんて思わなかったぞ！」

「でも、お姉ちゃんの家で愛情もらってたんでしょ？」

「え？」

「お姉ちゃんの家で、親切にしてもらったんじゃないの？　可愛がられたんじゃないの？」

「それは……」

「ホラ、愛情もらってたんじゃん！　親切にしてもらってたんじゃん！　可愛がられてたんじゃん！　僕はね、施設の中でいつも独りなんだ！　誰も僕を可愛がってくれたりはしないんだ！　どれだけ寂しいかわかる？　わからないでしょ？　お兄ちゃんに僕の気持ちなんてわかんないんだってば！」

「あぁ！　わからないよ！　それでもなぁ！　生きるんだよ！　生きるべきなんだよ！　もっと強くなれよ！　誰かに頼ろうとすんなよ！　生きてれば、幸せは、絶対いつか訪れるんだよ！」

「………なよ」

「え？」

「無責任なこと言うなよ！」

「……悠太」

悠太の瞳から、大粒の涙が零れ落ちた。

「お兄ちゃんは、この列車から降りればそれでいいのかもしれない！　また、楽しい生活に戻れるかもしれない！　でも！　でも、僕は、この列車から降りたら、また辛くて苦しい毎日が待ってるんだ！　耐えられない寂しさや、悲しさが待ってるんだ！　なんにもわからないのに、生きようなんて言わないでよ！」

　そう言うと、悠太は俺に背を向け走り出した。

「悠太！」

悠太の背中に叫ぶ。しかし、悠太は振り向かず、一番隅まで走って行った。

♪ジャジャジャジャーン、ジャジャジャジャーン。

爆音で、「運命」が流れ出す。死体の山に、六番の身体が加わっているのに気づく。

「さぁ～て、さてさて、霊柩列車、快楽死、第七弾～！　さぁ、七番さん、こちらへどうぞぉ～！　さぁさぁ、どうぞぉ～！」

車内の灯りが消える。スピーカーから、テンションの上がった男の声が流れ出す。

「七番さんはどなたですかぁ～？　立ち上がってくださ～い！」

男の声に、よれよれの背広を着た百八十センチ以上はあろうかという男が立ち上がった。

七番はさっさと快楽部屋に入るや否や、「毒殺してくれ」と、男に頼んだ。

次は八番。その次は留乃の番……。もう、時間はない！

「俊介！」

呼ばれた声へと振り返った。ふくれっ面をし、雪がこちらに歩いてくるのが見えた。

「どうだった？」

「駄目。やっぱり別行動は止めたほうがいいわ。味方作るはずが、三人も敵を作っちゃった。絶対降りないから、近づくなですって」

「敵って……、お前、何やってるんだよ！」

「責めないでよ！　そういう俊介だって、二人目見つけてないんでしょう？」

そう言われてしまえば、何も言えない。

「で？　どいつを敵に回したの？」

「十六番と十九番と二十番。あの三人にはもう近づかないほうがいいわ。すごい剣幕だったから」

「……そう」

「俊介と留乃さんは？　何番に当たってたの？」

「十七番と、悠太」

「悠太？」

「あぁ。ホラ、あそこにいる……」

「あぁ、あのガキね。ガキは嫌い。放っておきましょう」

隅っこで体育座りをしている悠太を見て、雪が言った。雪の一言一言に、とげを感じる。何か言ってやりたいが、喧嘩をしている場合ではないだろうと、グッと抑える。

そうしている間にも、七番は毒殺され、死体の山に加わった。

――ヤバイ！　ヤバイ！　ヤバイ！　時間がない！　殺される！

焦りが湧き上がる。

なぜ、彼はあそこまで彼女を守るのでしょうか？

彼女のせいでこの列車に乗らなくてはならなくなったことを、恨んではいないのでしょうか？

もしも、このまま二人目が見つからなかったら、彼は彼女に対する感情を変化させるのでしょうか？

私には、彼の思考は少しもわかりません。やはり、私とは正反対の印でしょう。

でも、だからこそ、彼に惹かれるんです。

私の創造するネバーランドに相応しい、正義のフックに。


「留乃！　雪！　行くぞ！」

留乃の手を引っ張り言う。掴んだ留乃の手が震えている。

「留乃？　どうした？　具合悪いか？」

「…………」

「留乃？」

真っ青な顔で、立ち止まっている留乃に言う。

「どうした？」

「……俊介君」

留乃が、ゆっくりと口を開く。

「何？」

「今、七番が死んじゃったんだよね？」

「あぁ」

「私の番号、九番だよね？」

「……あぁ」

「じゃ、じゃぁ、次の人が死んじゃったら、私、死ぬんだよね？」

「留乃！」

留乃を抱きしめる。留乃が、俺の腕の中で震えている。

「俊介君、俊介君の番号は何番だっけ？」

「……十三番だよ」

「十三番……」

留乃を抱きしめた手に力を入れる。

「大丈夫だよ！　絶対二人目見つけるから！　お前を死なせたりしないから！」

死なせたくない、失くしたくない、留乃を抱きしめ、強く思った。

「わ、私は……、もしも死んじゃっても、自分の責任だから諦められる。で、でも、私のせいで俊介君が死んじゃったら……」

「だから！　絶対死なせたりしないから！」

　留乃の瞳から、涙が溢れる。

「ご、ごめんなさい。私のせいで……、ごめんなさい！」

「いいから！　謝るんだったら、この列車から降りてからにしろ！　絶対降りられるから！　お前は死なない！　俺がなんとかする！　お前を死なせないってことは、俺も死なないんだよっ！」

　留乃の瞳に溢れる涙を拭いながら言った。

「俊介君……」

「何？」

「わ、私……、俊介君に謝らなきゃいけないことがあるの……」

「謝らなきゃいけないこと？」

「うん……。ずっと、ずっと言えなかった」

「何？」

「しゅ、俊介君の背中にあるこの火傷……」

　火傷の痕を撫でながら、俯きながら留乃が言う。

「わ、私のせいなの……」

「え？　何？　どういうこと？」

「俊介君、軽い記憶障害起こして、あのこと覚えてないけど……」

　留乃の瞳から涙が溢れる。

「記憶障害？　あのこと？」

「俊介君ね、小学校四年生の頃、家で私と遊んでて……。私、沸騰しているヤカンの側で転んで……。俊介君、とっさに私に覆い被さって、助けてくれたの」

「………」

「あまりのショックで、俊介君、その時の記憶だけ飛んじゃってるの……。わ、私、俊介君がこの火傷の痕気にしてるの知ってたのに、俊介君に嫌われたくなくて、ずっと、ずっと隠してたの……」

　留乃の瞳から、涙が流れる。

「ご、ごめんなさい」

「留乃……、俺は、お前を助けたのか？」

「うん」

「留乃……、もしかしてお前、前……、十二月二十四日の雨の日、俺の携帯の留守電に、メッセージ入れた？」

「……うん」

「……お前だったのか……」

「ご、ごめんなさい」

次から次へと溢れ出る涙を拭いながら、留乃が謝罪する。

「本当はすぐに俊介君に謝るべきだったのに……。なのに私、嫌われたくないばっかりにずっと本当のこと隠してたの……。恨まれるんじゃないか、そこまでいかなくても二度と声をかけてくれないんじゃないかって。勝手に自分の都合で怯えて……。私はずるいの。皆は目が見えない私に優しくしてくれる。それを計算して行動してたりするの。皆から見放されるのが怖い、俊介君から嫌われるのが怖い、そんなことにならないように全部計算して笑ったり泣いたり喋ったりしてたの。ずるいでしょ？　汚れてるでしょ？　こんな私嫌いでしょ？　もう顔も見たくないでしょ？　でも、俊介君を好きだって気持ちは嘘なんかじゃ……」

「もう、いいよ」

留乃の頭を撫でる。

「本当のこと話してくれてサンキュー。その時のこと、なんにも覚えてねぇけど、お前が傷負わなくてよかったよ。お前、女の子だしね」

嘘ではなかった。留乃がこの火傷を負わなくて本当によかった。心からそう思っていた。なんだか、背中にあるこの傷が、「お前はＨＥＲＯだ」と言ってくれているような、そんな錯覚がしていた。

「本当に、本当にごめんなさい」

「だから、もういいって。俺はなんとも思ってないから。お前のことだって、嫌いになんてならないから」

そう言い、留乃を抱きしめた。

「ねぇ、今はそんなことしている場合じゃないでしょう？　早く仲間見つけに行きましょうよ！」

腕を組みながら、雪が言った。雪の言葉にハッとする。たしかに、今はこんなことしている場合じゃない。

「よしっ！　じゃあ、行くぞ！」

「ええ、行きましょう」

雪が答える。

「どの人に当たる？」

「時間がないんだ。手当たり次第にぶつかっていくしかない！」

「そうね！」

俺の言葉に、雪が同意する。

「生きましょう！」

一番近くにいた、ゼッケン二十番に言った。ロン毛で、パンクの格好をした男だ。

サングラス越しから、死体の山を見つめている。まるで、何も聞こえていないような顔で俺の言葉を無視している。

「降りましょう！　生きて、この列車を降りましょうよ！　生きましょう！　生きましょうよ！」

二十番に叫ぶ。しかしまるっきり反応はない。まるで、道端で配っているチラシを無視するようだ。

「駄目ね。次当たりましょう」

「あぁ」

――もし、本当に見つからなかったら、留乃は死ぬんだ……！

焦りが身体中を駆け巡る。心臓が、バクバクと激しく脈を打つ。

――死なせるものか！　死なせてたまるものか！　やっと、やっと気づいたんだ！　この列車に乗って、やっと気づくことができたんだ！　絶対死なせない！　産まれて初めて気づいたんだ！　何があっても死なせないっ！

脂汗が背中をつたう。

「お願いします！　生きてこの列車を降りましょう！　降りてください！　お願いします！」

二十番の後ろにいるゼッケン十五番に言った。アイメイクをびっちりと施した、太身の少女だ。大量にマスカラを塗っているせいか、瞬きをするたび、パシパシと音が聴こえるような錯覚を起こす。歳はまだ十五歳か十六歳くらいだろう。

「降りよう！　な？　一緒に降りよう！」

十五番の腕を引っ張る。十五番が、露骨に嫌な顔をする。

「降りないから！　他当たって！」

「どうして死にたいの？」

雪が問う。

「あ？　アンタに関係なくない？　どうだっていいっしょ？」

「アンタ！　もっと他の言い方できないわけ？　どういう躾けされてんのよ！」

「うるさいわね！　おばさんは引っ込んでてよ！」

「おばさん⁉　何言ってんのアンタ！　アタシまだ十九歳よ！　どこ見てんのよ！」

「あ？」

「何よ？」

「雪！」

雪に向かい叫んだ。これでは、見つかる仲間も見つかりはしない。

「だって！」

雪が、唇を尖らせる。

「お願いだから、お前は黙ってて！　説得は、俺と留乃でするから！」

「何よ！　アタシ、仲間外れ？」

「違う！　そういう問題じゃない！　時間がないんだ！　頼むよ！　頼むから、俺の言うこと聞いて！」

懇願するように、頼み込んだ。雪は唇を尖らせたまま、「わかったわよ！」と、俺に背を向けた。

「ねぇ、どうでもいいけど、あっちでやってよ！　私、絶対降りないから！」

「どうしても降りないか？」

「しつこいわね！」

十五番が、怒声を発する。

――駄目だ。次行かないと……。

「留乃、雪、次行くぞ」

♪ジャジャジャジャーン、ジャジャジャジャジャーン。

車内の灯りが消えた。

「では、どんどんばんばん進めましょう～！　ゼッケン八番の方～！　こちらへ！　この偉大な私の許へどうぞぉ～！」

男の声が、響き渡った。

「ゼッケン八番はどなたですかぁ〜？　お立ちになってくださ〜い！」

男の声に、八番の女性が立ち上がった。

「私よ！　もう、待ちくたびれちゃったわよ！　見てよ！　もう九時じゃない！」

壁にかけられた時計を指差しながら、八番が言った。時刻は、午後九時を回っていた。

「お待たせしちゃって、すみませんでしたね。さぁさ、機嫌を直してこちらへどうぞ。最高の快楽が、あなたを待っているのですよ」

やんわりとした口調で男が八番をなだめる。八番は、「もう！」と言いながら、快楽部屋へと歩き出した。

「そうそう、最期くらい、穏やかな気持ちでいきましょうよ！」

男が八番に向かい、言う。

――残り時間、約、十五分！

時計のカチカチと時を刻む音が、爆音で聞こえてくるようだった。

6　タイムリミット

「ねぇ、あの人……」

雪が、右方向を指差し、言った。指差された方向を見ると、一人だけ八番のスピーチに拍手をしていない男が怯えた様子で快楽部屋を眺めているのが見えた。白いTシャツをチノパンにきっちり入れた男。

バスの中で見かけた男だ。

「行くぞ！」

留乃と雪を連れ、男の許まで駆け寄る。

「死にたいのか？」

男の手首を掴み、俺は焦りを隠しきれず声を荒らげていた。ゼッケンに十番の文字が書かれている男は、酷く怯えた顔を俺に向けた。垂れ目の優しい顔立ちをした男だ。

十番は、俺の問いに首を横に振って見せた。

「私だって、できることなら死にたくはないですよ」

――二人目かっ！

十番の返答に、目の前がぱっと明るくなる。

「あなたの、名前は？」

十番に問う。十番は小さな声で、「山辺《やまべ》……忠《ただし》」と答えた。

「山辺さん！　死にたくないのに、なぜ、こんな列車に乗ってるんですか！」

山辺は俺から床へと視線を落とした。

「……娘を助けるためなんです。仕方ない」

「娘？」

山辺が、小さく頷く。

「どういうことですか？」

山辺は大きなため息をついたあと、ゆっくりとした口調で話し出した。

「私には、まだ七歳の娘がいます。その娘が、病気なんですよ。娘を失明から助ける道は、アメリカでの手術だけです。アメリカで手術をすれば、娘は助かるかもしれないんです。しかし、それには多額の費用がかかる。とても、払える金額じゃない……」

「それと死ぬのと、どういう関係があるんですか？」

「保険金ですよ」

「保険金？」

山辺の言葉を、オウム返しにする。

「そう。私が死ねば、五千万の保険金が下りることになってるんです。五千万あれば、莉子《りこ》……、娘を救ってやれる……」

「そんな！　あなたが死んでしまっては、奥さんも娘さんも悲しみますよ！　第一、あなたの死体が発見されるのに、時間がかかるかもしれないじゃないですか！　その間に、娘さんは失明してしまうかもしれないでしょう！」

「それなら、もう手は打ってあります」

「手？」

「ええ。車掌さんに頼んであるんですよ。私の死体は、見つかりやすい場所に捨ててくれって。死に方も、いかにも他殺だとわかる方法でって。自殺だと、保険金はまだ入らないから……」

「そんな……！　娘さんは生きようとしてるんでしょ！　駄目です！　あなたが死んだら、娘さんや奥さん、どれだけ悲しむと思ってるんですか？　生きましょう！　生きて、この列車から降りましょう！」

山辺を説得する。しかし、山辺は頷かない。

「そりゃ、私だって、生きていたい。命ある限り生きて、娘の……、莉子の成長を見ていたい。しかし、私の命よりも何よりも、莉子を助けたい。その気持ちのほうが、遥かに強いんです。申し訳ないけれど、説得なら、他を当たってください。私が死ねば、あの子は幸せになれるんですよ」

　申し訳なさそうに、山辺が言った。

「違います」

　留乃の声がした。

「俊介君」

「あぁ」

　留乃を、山辺の隣に座らせる。

「アナタ、目が？」

　留乃は、山辺の声に微笑んだ。

「はい。見えません」

「そうなんですか……」

「でも、幸せです」

　そうはっきりと言った留乃を、山辺が見つめる。

「山辺さんが死ぬことで失明を免れても、莉子ちゃん、悲しむだけだと思います。たとえ目が見えなくなっても、お父さんとお母さんに愛されて育つ方が、遥かに幸せです。少なくとも、私はそうです。優しい父と母に恵まれて、人を愛することもできて、友達もたくさんいて……。私は、幸せです」

「ホラ、聞いたでしょう！　留乃は小さい頃から目が見えない生活を送ってきたんだ！　でも、コイツは自分の生活を幸せだと言えるんだよ！　なんでかわかりますか？　愛ですよ！　留乃を支えてきたのは、家族の愛なんだ！」

留乃は、穏やかな声を保ちつつ、山辺に話し出した。

「私は、五歳の時に失明したんです。緑内障という病気でした」

「あなたは緑内障で……そうですか……」

山辺が呟く。留乃は微笑み、話し出す。

「私が最後に見たもの、なんだと思いますか？」

「え？」

「目が見えなくなっていく中、最後に見たものです」

「なんですか？」

山辺は留乃の顔を覗き込み、尋ねた。

「父と母の優しい笑顔です。だんだんと目が見えなくなる中、私は、父と母の優しい笑顔を見つめていました。その時の映像……、今でもハッキリと思い出せます」

留乃の言葉に、山辺が耳を傾ける。

「そりゃあ、辛いことのほうが多かったりします。でも、私、生まれてこなければよかったなんて、思わないんです。だから、辛いことがあるたび、最後に見た、父と母の笑顔を思い出すんです。心のスクリーンに焼きついた二人の笑顔を。そのたびに胸が温かくなるんです。どんな時でも、頑張れるんです」

留乃はそう言うと、手を弄り、山辺の手を握った。

「山辺さん……」

留乃が、山辺の名を呼ぶ。山辺は、快楽部屋から留乃へと視線を移した。

「生きてください。ずっとずっと、莉子ちゃんの側にいてあげてください。生きて、莉子ちゃんの側で、愛してあげてください。ずっとずっと、愛してあげてください」

優しい声。山辺の目から涙が零れた。

「本当に、莉子は……、失明しても幸せだと感じてくれるんだろうか?」

山辺が呟いた。留乃は山辺の手をぎゅっと握った。

「ええ、きっと。山辺さんに、莉子ちゃんを愛する気持ちがある限り……」

留乃の優しい微笑みが、山辺の胸の中を温めてくれているような気がしていた。

「山辺さん、降りましょう」

山辺に言う。

「……ええ」

山辺は呟くようにそう言うと、頷いた。

――二人目！

「よしっ！　降りるぞ！」

留乃を抱きしめた。甘酸っぱい切なさが、胸に広がった。

「降りられるんだ！　死ななくて済んだんだよ！　留乃！　よくやった！」

留乃を抱きしめる腕に力を込めると、留乃は、優しい声で言った。

「俊介君もだよ」

「え？」

「俊介君も、愛されてるんだよ。たしかに俊介君のお父さんやお母さんは、仕事が忙しくて、あまり側にいられなかったかもしれない。でも、俊介君のために、家族のために働いてるんだよ。俊介君は、ちゃんと守られて育ってるんだよ。愛されてるんだよ」

留乃の言葉が、心の中を泳いだ。今まで俺は、両親から愛されているなどと感じたことはなかった。でも、それは、違うのかもしれない。感じたことがなかったのではなく、感じようとしなかっただけなのかもしれない。否定し続けていただけなのかもしれない。

心の中で石化していた孤独という真っ黒な塊が、液体となり溶け出した気がした。

「俊介君……ありがとう」

留乃の手が、俺の背中に回る。

「……留乃」

両手で、留乃の頬を包んだ。留乃の頬に涙がつたっている。

「俺こそ、ありがとうな」

留乃の涙を拭い言った。

「私こそです……。留乃さん、ありがとう」

山辺が、留乃に向かい微笑んだ。

「車掌の許へ行きましょう。早くこんな列車から降りよう！」

「えぇ！」

俺の言葉に山辺は頷くと、俺たちは快楽部屋に向かい走った。

快楽部屋では、八番が撲殺されたところだった。身体中痣だらけの八番の死体は、見ているだけで痛々しかった。

――ぎりぎりセーフだったな……。

安堵のため息が漏れる。快楽部屋の扉に手をかける。

その時だった。

「アタシ、降りない」

足を止め、雪が言った。

「え？」

耳を疑う。

——何を言っているんだ？

状況が把握できない。

「どうしたんだよ？」

「気が変わったわ」

雪の目は冷たく、傍観者のように俺たちを見ていた。

「どういうことだよ？　いったい、どうしちゃったんだよ？」

雪の両腕を掴み、尋ねる。

「あれぇ？　こんなところで何やってるんですかぁ？　通行の邪魔ですので、どいてもらえますぅ？」

八番の死体を抱えながら、男が快楽部屋の扉を開いた。

「ふふふっ！　とうとうあなたの番ですねぇ」

留乃を見ながら、男が言う。

「違う！　約束通り二人の説得に成功したんだ！　降ろしてもらうぞ！」

「なんですって？」

男が怪訝な顔で、山辺を見る。

「あなた、せっかく私がいろいろ工作して差し上げたというのに……！　裏切るんですね！」

「すみません。でも、やはり、生きてあの子の側にいてあげたいんです！」

「ふん！　言い訳なんか聞きたくもない！」

男は仏頂面でそう言うと、八番の死体を勢いよく投げつけた。

「とにかく、条件は満たしたんだ！　列車を止めろ！」

男の胸ぐらを掴み、叫んだ。

「条件は満たしていないわ！　アタシは降りないって言ってるでしょう！」

車内に、雪の声が響いた。

「あれ？　あなた、降りないんですか？」

雪が、深く頷く。

「降りないわ」

「雪！」

「何よ！」

「今さら何言ってるんだよ！　降りるぞ！」

雪の腕を引っ張る。

「じゃあ、降りてからもずっと、アタシの側にいてくれる？」

雪に表情が戻った。俺を試そうとしている、ずるがしこくて天邪鬼のような表情が。

「どういう意味だよ？」

「そのまんまの意味よ」

「だから、どういう？」

突然、雪が俺に抱きついた。

「アタシ、あなたが好きになっちゃったの！　初めて人を愛せたのよ！　この先生きてても、愛せる男性なんて俊介だけよ。ねぇ、この列車から降りても、ずっとずっと、アタシの側にいて？　側にいてくれるなら、降りてもいいわ」

雪が、上目遣いで俺を見る。

「俺は……」

「俺は？」

「俺は…………」

パンパンッと、手を叩く音が響いた。

「タイムリミットですね。もう、九番さんの番です。さぁさ、次々進めないと、朝までに終わりませんので。さっ、行きますよ」

そう言うと、男は留乃の手を引っ張った。

「きゃあ！」

「待てよ！　留乃に触るな！」

「俊介君！」

留乃の叫び声が、俺を包む。男は俺などお構いなしに、留乃を快楽部屋へ連れて行く。

「待てって！」

雪の身体を離し、快楽部屋に行こうとする俺に、雪が呼びかける。

「どうする？　アタシと一緒にいてくれる？　ずっとずっと、アタシの側にいてくれる？　永遠に！」

男が、留乃を椅子へと座らせる。

「さぁ、どんな方法で死にたいですかぁ？」

男が留乃に尋ねる。

「俊介君！」

俺に助けを求める、悲鳴のような叫び声が木霊する。男が留乃の口をこじ開け、快楽薬を飲み込ませる。

「やめろぉおおお!!!」

男に向かい叫ぶ。しかし、男は止めない。

「ねぇ、どうする？　永遠にアタシの側にいてくれる？」

　雪が俺の顔を覗き込む。

――留乃！

　死なせたくない！　失いたくない！　やっと、気づいたんだ。俺は、留乃を愛していると。本当はずっとずっと昔から、愛していたのだと。

「ねぇ～、どうするの？　早く決めなきゃ、留乃さん、間に合わなくなっちゃうわよ？」

　甘ったるい声で、雪が言った。

「…………たよ」

「え？　何？　聞こえない！」

「わかったよ！　お前の側にずっといるよ！」

　本当なら、この列車を降りたあと、留乃と初めての恋愛がしたかった。留乃が長年抱いてくれていた俺への気持ちに感謝して、それを受け止めてやりたかった。でも、留乃を助けるためなら、仕方ない。留乃がこの世からいなくなるくらいなら、我慢してでも雪の側で生きていたほうがいい。

「本当？　本当に、アタシの側にずっといてくれる？」

「……あぁ」

「俊介、大好き～！」

そう言うと、雪は俺にキスをした。

「今のはスキンシップじゃないからね。愛の表現よ」

嬉しそうに微笑みながら、雪が言った。

「行くぞ！」

雪の手を掴み、快楽部屋の扉を開けた。

「なんですか？　ここは関係者以外立ち入り禁止ですよ！」

男の手から、出刃包丁を奪う。

「条件は満たした！　降ろせ！」

「え？　だって、あの方降りないんでしょう？」

雪を指差し、男が言う。

「ごめんなさいね。降りることにしたのよ」

俺の後ろからピョコンと顔を出し、雪が言った。

「な、な、なんですって！　あなた！　コロコロコロコロコロ意思変えて！　自分てものがないんじゃないですか！」

雪は返答の代わりに、べーと舌を出して見せた。

「さっ！　約束だ！　早く列車を止めろ！」

留乃を椅子から立ち上がらせ、叫んだ。

「早くしろ！」

男の胸ぐらを掴む。

「な、殴る気ですか？　殴ったって私には快楽でしかありませんよ！　さっき、快楽薬を飲んだんですから！　ホラ、見ててください」

男は制服のポケットについている名札を取り外すと、ついている安全ピンで自分の指を突いた。

「痛っ！」

男が叫んだ。

「おかしいな……なんでだ？」

快楽薬の入った小瓶を見つめながら、首を傾げる。

「効き目が切れたんでしょう」

男に向かい、山辺が言った。

「あ！　この薬、十五分しか効かないんでした……」

思い出したように、男が言った。

「そんなことはどうでもいい！　早く俺らを降ろせ！」

「わ、わかりましたよ！　止めればいいんでしょ！　止めれば！」

男はそう言うと、運転席に入り、赤いボタンを押した。

「今、止まります」

電車がだんだんとスピードを落とす。

「まったく！　美的感覚のない人たちですね！　ふん！　大っ嫌いです！　がさつで、美徳を持ち合わせないあなたたちみたいな人！」

負け惜しみを口にすると、男は俺らを睨みつけた。

そしてガタンッと一回揺れ、ついに列車が止まった。


困ったことになりました。

やはり雪という人物は、私の計画上、邪魔な人間でしかなかったようです。

邪気を持ったティンカーベルは、所詮脇役でしかありません。この私の計画に、脇役は必要ありません。

私は、邪気を持ったピーターパンです。原作のように、夢や希望に溢れている人物ではない。もっと、現実的な賢い人物なのです。そう、私が創り上げたいのは、夢物語のおとぎ話ではなく、現実の世界でのネバーランド。わくわくするようなスリリングな闘い。もっとも、剣などを振り回す野蛮な闘いではなく、知能での闘い。彼、フックとは、そんな闘いがしたいのです。

さて、どうしたものでしょう……。
ここは一つ、手を打たなくては……。

7　闘い

「止まりましたよ！　さぁ！　早く降りてください！　あなた方の顔なんて見たくもありません！」

男が叫んだ。

「こんな列車、さっさと降りましょう」

雪が俺の手を引っ張る。

「降りてください！　さぁ、早く！」

悔しそうな顔をし、男が出入り口の扉を開く。生暖かい夜の風が、車輌内に流れ込んだ。

「さぁ、降りよう」

山辺が留乃の手を引っ張り、出口に向かう。留乃も頷き、歩き出した。

――降りるか。

外に一歩足を踏み入れた瞬間、視線を感じ、振り向いた。思いつめた目で、悠太が俺を見つめていた。希望を失った悠太が、昔の自分と重なって見えた。踵を返し、悠太の許まで歩む。悠太が俺から、視線を逸らす。

「降りないか？」

悠太に問う。悠太は返事もしない。

「降りよう？　悠太」

もじもじと手先を動かしながら、悠太が俺を見る。

「降りよう。俺がお前の友達になってやるから。俺が、味方になってやるから。俺が、お前を愛してやるから……」

「…………」

「悠太、な？」

「…………」

「俺にはたしかに、お前の気持ちはわからないのかもしれない。でもな、お前を抱きしめてやれるよ。それじゃ駄目か？」

悠太の瞳を見つめ、言った。

「……本当？」

悠太が口を開く。

「ん？」

「本当に、僕の友達になってくれる？　味方になってくれる？　僕のこと愛してくれる？」

「あぁ！　約束するよ！　ホラ！」

小指を差し出し、悠太と指切りをする。

「さぁ、降りよう？」

「…………」

「悠太？」

「…………うん」

しばしの沈黙のあと、悠太が頷いた。

「よしっ！」

悠太を抱きかかえ、出口に向かおうとした、その時だった。

「ふふふふふふふ！　あぁはっはっはっはっはっは！」

気でもふれたように、突然男が高笑いを始めた。プシュゥという音と共に、出入り口の扉が閉まる。

「おい！　何やってんだよ！　開けろよ！」

しかし男は振り向きもせず運転席に行き、緑色のボタンを押した。列車がまた走り出す。

「何やってんだ！　約束が違うだろう！　列車を止めろ！」

「いいえ！　あなたは、条件を満たさなかった！」

俺に向かい、男が叫ぶ。

「何言ってんだ！　満たしただろう！」

「いいえ！　満たしていない！　あなた、いったい何人でこの列車を降りようとしたんです？」

「は？」

「私が出した条件は、生きたいと思う者二名を見つけるというものでしたよ！　三名とは言っていない！　ルール違反を犯したあなた方は、もうこの列車からは降りられない！」

「俊介！　そんなガキ放っておきましょうよ！」

雪が叫ぶ。悠太が、不安そうな表情を浮かべ、俺を見る。

「四人よ！　アタシたちは四人で降りるわ！　さぁ、早くこの列車を止めてちょうだい！」

雪が叫んだ。

「駄目だ！　悠太も降りるんだ！」

「なんでよ！　そのガキ一人のせいで、助かる命も助からなくなっちゃうのよ！」

「悠太だって生きたいと願ってるんだ！　犠牲にできないだろう！」

「自分の命と赤の他人の命、どっちが大切なのよ？　偽善者ぶらないで、そのガキ放しちゃってよ！」

「比べるもんじゃないだろう！　生きたいって思う人間、見殺しになんかできるかよ！」

悠太は睨みつける雪の形相に怯えて、隠れるように俺にしがみついている。

「そんなことはどうでもいい！　さぁ、霊柩列車、快楽死、第九弾です！」

男が、無理やりに留乃を快楽部屋へ連れて行く。

「きゃあああ‼　いやぁぁぁあああ‼」

留乃の絶叫。

「やめろ！　留乃を放せ！」

抱き上げていた悠太を降ろし、男に駆け寄る。

「駄目ですよ！　あなた方、約束は果たせなかったんですから！　約束通り、死んでいただきます！」

「ふざけんな！　放せ！」

男の腕を力強く引っ張る。

「放せって言ってるだろうが！」

「放しません！　どなたかぁ～！　この方たちを押さえつけておいてくださ～い！」

待合室にいる乗客に向かい、男が叫んだ。

「そうしないと、あなた方の快楽死もなくなりますよ～！　いいんですかぁ？　快楽死できなくても！」

男の声にハッとした様子で、十四番と十八番が俺を羽交い締めにする。雪と山辺も押さえつけられている。

「放せ！　ふざけんな！　放せよ！」

留乃の許へ行こうと身体を動かすが、男二人の力ではかなうはずもない。

「俊介君！」

留乃が俺に助けを求める。

「叫んでも無駄ですよ。あなたはもう、死ぬんです。いいでしょう。初めは死のうとしていたんですから！　もう、諦めてください」

男が、無理やり留乃を椅子に座らせる。

「さぁ、どんな方法で死にたいですか？」

「いやぁあああ！　死にたくない！」

「駄目ですって。もう、決まったことです」

男はピシャリと言い切った。

「もう、さっき飲ませた薬は効き目が切れてますから。さぁ、コレをどうぞ」

男はそう言い、留乃の口をこじ開け、快楽薬を飲み込ませた。

「じゃあ、あなたは刺殺にしましょうね。興奮なさっているようなので、スピーチもなしで」

男はポケットからバタフライナイフを取り出した。

「いやぁぁあああ！　助けてぇえええ！」

留乃の悲鳴が、無力な俺の耳に突き刺さる。

――俺が今までやってきたことへの、これが神の仕打ちなのか！

「大丈夫ですって。痛みなんて微塵もありませんから。ホラ、この通り」

そう言うと、男は留乃の左腕にバタフライナイフを突き刺した。

「ね？　痛くなんてないでしょう？」

「いやぁあああ！　やめてぇ！」

留乃が泣き叫ぶ声が車内に響き渡る。

右腕を押さえつけている十四番が俺の肩越しに身を乗り出し、うっとりとした目で留乃がいたぶられる様を見つめている。

――くそっ！　どうする⁉　どうにかしろっ！　考えろ！

俺は必死だった。まともに使ったこともないちっぽけな脳をフル回転させた。

「死にたくない！　お願い！　殺さないでぇぇえ！」

「はぁ、うるさい！　もうアナタは死ぬんです。元はと言えば、アナタが死にたいって言ってこの列車にお乗りになったのですよ。もう、諦めてください。時間がないのでね、アナタを説得してる場合ではないのです。次々進めますよ。ホレ！」

男は留乃の腕からバタフライナイフを抜き取ると、今度は左手首を切り裂いた。

真っ赤な血が飛び出る。

――くそっ！　くそっ！　留乃を見殺しにすんのか！

神が存在するならば、俺は叫びたかった。

――！

浮かんだ。もうやるしかなかった。

「ね？　どうです？　気持ちいいでしょ？」

留乃の血を舐めながら、男が言う。

「いやぁあああああ!!!」

「はぁ、本当にうるさいですね。私は叫び声は好きじゃないんですよ。もう時間もありませんし、アナタには一気に死んでいただきましょう。うるさいから、声帯切っちゃいましょうね」

男はバタフライナイフを、留乃の首許に近づけた。

――留乃！

「やめろぉおおお!!!」

俺はありったけの声を十四番の耳にぶち込んだ。

「うわっ！」

十四番の力が緩んだ。

――今だ！

十四番の手を振り払い、すぐさまその右腕を思いっきり十八番の顔面に叩き込んだ。十八番がぶっ飛んだ。

「留乃！」

俺は全力で快楽部屋へ走った。

――間に合え！

快楽部屋の扉を開ける。

「うわ！　あなた！　なんで……」

男の手が止まる。

「留乃を放せ！」

男に一歩近寄る。

「放せって言ってんだよ！」

俺は二歩、三歩、四歩……慎重に男に近づいていく。

「来ないでください！　来るな！　殺すぞ！」

男は留乃の首許からバタフライナイフを離し、俺に向けた。留乃は気を失っているのか、椅子に座ったままクタリと首が下に向いて動かない。

「殺せるものなら殺してみろ！」

言葉では表現できないほどの怒りが、身体中を駆け巡っていた。そのまま怖気づかずに男に近寄る。俺が近寄る歩みに合わせるように男が後退する。

「本当に殺すぞぉ！」

と後退りしながら叫んだ時、振り回していたバタフライナイフが壁にぶつかり飛んだ。男はそのまま壁際に尻餅をつき、バタフライナイフは弧を描いて俺と男の真ん中辺りに落ちた。俺は猛然とそれに向かってダッシュするが、たっぷりと血を吸ってドス黒くなった絨毯に足を取られそうになる。なんとか男より一瞬早くバタフライナイフを掴み、足をふんばって目の前にいる男に突きつけた。

「止めろ！　列車を止めろ！」

男の顔が右に大きく歪み、ヒクヒクと痙攣し始めた。

「止めろっていってんだろうがぁっ！」

俺が叫ぶのと同時だった。

「ひゃあひゃっひゃっひゃあひゃひゃあっひゃっひひひひひひひゃあっひゃあっひゃっひゃ」

男は尻餅をついたまま白目をむき、唾を吐き散らしながら、頭をグラインドさせて笑い始める。いつまでもいつまでも止まらない。たっぷりと三分はたっただろうか。潮が引くように次第に静かになり、うつむいた。

「お、おい、聞いてるのか?」

しばらく俯いていた男が急に立ち上がった。

「と・め・な・い」

ゆっくり、はっきり、俺をにらみつけながら言った。俺はにらみ返して、男の鼻先に俺の鼻先をくっつけて言ってやった。

「止めろ」

「と・め・な・い」

「止めないんだな?」

「む・り・だ」

「絶対に止めないんだなっ?」

「止めないと言ってるでしょうがっ」

男の細い目が広がり、俺の鼻に食いつかんばかりの勢いでがなりたて始めた。

「絶対に止めない！　お前もコイツもアイツらも、この私が殺してやる！　この、神の私が！　皆みんな、ぶっ殺して壊してやる！　見ろよ！　あの死体の山！　女も男も婆さんも、皆この私が殺したんだ！　私は神だ！　神は、人の運命を変えてもいいのだ！」

　言うや否や、がっちりと両手で首を押さえつけてきた。この細身の男のどこにそんな力があるのか、俺は必死に男の両腕を外そうとするが、どんどん苦しくなる。

「死ね死ね死ね死ね」

　押し込まれ、えびぞりになる。

——おれ、しぬ、のか……。

「ぎゃぁあああああああああああああ」

　男が手を離した。

「痛い！　痛い！　痛いぃいぃぃいいいいい！」

　俺が男のみぞおちを刺していた。

「どうしてお前が私を刺す？　神でもないお前がなんで私を刺す？　神は私なのに⁉　私こそが神なのに⁉　なぜお前が？　どうして！　どうして？」

　バタフライナイフを抜いた。血が、むやみに赤い血がシャワーのように噴出し、男はそのまま後ろにぶっ倒れた。

「死にたくない死にたくない…どうしてお前がどうして…死にたくないしにたくない……しにた……く……な……」

ゲフッと真っ赤な血を吐き、男は息絶えた。

全身から汗が噴き出ていた。ドクドクドクドクと心臓が早鐘のように鳴り響く。

「俊介君……？」

留乃が怯えた声で俺の名を呼んだ。

「何が、起きたの……？」

両手をさまよわせながら、俺を捜す。

「俊介君、どこ？」

「ここにいるよ」

留乃の手を握る。

「車掌は死んだよ。お前も助かる。生きてこの列車から降りられるよ」

「俊介君……が殺したの？」

「あぁ」

「そんな……」

留乃が、悲しそうな表情を浮かべた。

「いいんだよ。仕方なかったんだ。この列車を降りたら、自首するよ」

「俊介君……」

留乃の瞳から、大きな涙が零れた。

「いいから。お前は何も心配すんな」

男の血で染まった上着を脱ぎ、引きちぎって留乃の腕と手首に巻き、止血をする。

さいわい左手首の傷は、血の量の割に浅かったようだ。

「罪には問われないよ」

山辺が俺の肩に手を置き言った。

「え？」

「コレは、正当防衛だ」

「そうよ。正当防衛よ」

雪が言った。

「見てよ」

雪が待合室にいる乗客を指差した。

「車掌の死を見て、皆、死ぬことが急に怖くなっちゃったみたい」

乗客が怯えた顔で男の亡骸を見つめている。

「降りたいか？　この列車から降りたいか？」

山辺が乗客に問うと、何も言わずに頷いた。

「よかったんだよ、コレで。君が……、皆の命を救ったんだ」

そう言うと、山辺は運転席に行き、赤いボタンを押した。

「早く降りよう。こんな所、一刻も早く出たいよ」

列車は、ガタンと大きく揺れ、徐々にスピードを落としていった。

「そうね。早く降りましょう」

雪が俺の腕に手を回す。

「アタシたち、これからもずっとずっと一緒なのね！」

「……あぁ」

「ねぇ、俊介、アタシだけを見ていてね。ずっとずっと、アタシだけを愛していてね」

にこやかに微笑みながら、雪が言った。俺は、その言葉に首を横に振って見せた。

「え？　どういうこと？」

雪が尋ねる。

「一緒にはいてあげられるけど、俺は君を、永遠に愛せはしないよ」

「どういうことよ？」

雪の声が、一オクターブ下がる。留乃に視線を移しながら、雪に言う。

「俺が愛しているのは、留乃だけだから。俺は、留乃しか愛せないから。……永遠にね」

留乃を見つめながら、呟くように言った。

小さな地震のような揺れを起こし、列車が止まった。

「さぁ、行こう」

雪に手を差し伸べる。

「永遠に、留乃さんを想いながら、アタシの側にいるつもりなの？」

雪が俺を睨みつける。

「あぁ」

短い返答を口にする。

「馬鹿にしないでよ！」

バチンと音を立て、頬が叩かれた。

「アンタ、最低よ！　アンタなんて、こっちから願い下げだわ！」

そう言うと、雪は再び俺の頬を強く叩いた。

「ごめん。でも、俺が好きなのは留乃なんだ」

「馬鹿にして！　馬鹿にして！」

雪の平手が三発、四発と俺の頬を叩く。

「なんなのよアンタ！　何様のつもり!?　一緒？　アンタも皆と一緒？　捨てるの？

置いていくの？　アタシのことなんかこれっぽっちも理解しようとしない皆と一緒っ

てこと？　誰も信じてくれない。誰も彼もが、アタシのことなんかどうだって……」

　五発目の平手を振り抜く雪の目から涙が零れていた。俺は何を言ってあげられるのかわからなかったが、口を開こうとした。

「聞きたくない！　アンタの言うことなんて、もう聞きたくないわ！」

　そう言うと、雪は素早く列車から降りた。他の乗客たちも、雪に続き、列車から降りていく。

「俊介君……」

　留乃が、俺の名を呼ぶ。

「聞こえてた？」

「……うん」

　顔を真っ赤に染めながら、留乃が頷く。

「俺、お前のこと好きだ。大好きだ」

　留乃の頬に手を当てながら、生まれて初めて素直に自分の気持ちを打ち明けた。

「まだ、俺のこと好きでいてくれてるかな？」

　留乃は深く頷き、

「当たり前でしょう。十年愛なのよ」

　留乃の体温が、皮膚が、呼吸が、血の流れが自分のことのように感じられ、俺は強く抱きしめずにはいられなかった。腕の中で感じる留乃の体温が、愛おしくて堪らなかった。

「降りよう？」

留乃の手を握る。留乃が、俺の手を強く握り返す。

「うん！」

満面の笑みを浮かべて、留乃が頷いた。そのまま、留乃の手を取り、列車から降りた。数時間ぶりに浴びるそよ風を、胸の奥まで吸い込んだ。

――生きている！

指先を動かしながら、実感した。これほどまでに、生きる歓びを感じたことはなかった。今なら、きっと言える。親父や、お袋に……。「産んでくれて、ありがとう」と。「育ててくれて、ありがとう」と。

「俊介君、私、これからも、ずっと俊介君のこと好きでいていいんだよね？」

明るい笑顔で、留乃が言う。

「あぁ。お婆ちゃんになるまで、ずっとずっと俺の側で笑ってて。こんな俺の面倒みれるのなんか、お前しかいないんだから！」

「うん！」

嬉しそうに笑う留乃。

「お兄ちゃん！」

悠太が、俺に向かい走ってきた。

「悠太！」

悠太を抱き上げる。

「お兄ちゃん、約束、忘れないでね？」

心配そうに、悠太が言う。

「忘れるわけねぇだろ！」

人差し指で、軽く悠太のおでこを突いた。悠太は嬉しそうに頷き笑った。

「悠太君」

留乃が優しく声をかけた。

「生きてくれてどうもありがとう。ねぇ、私とも友達になってくれる？」

恥ずかしそうに俯いていた悠太は、留乃をまっすぐに見つめて頷いた。

「友達が二人もできた」

はにかみながらそう言う悠太と、それをほっこりとした笑顔で受け止める留乃は、まるで姉弟のように見えた。

「ずっと、ずっと、友達だからね。私たちは、悠太君の味方だからね」

留乃は諭すようにゆっくりと悠太に語りかけ、悠太はその一言一言に頷いて見せた。

「さぁ、帰ろう」

俺は留乃と悠太の手を握り、言った。

その時だった。

「あはははは！　まぁ、ずいぶんとラブラブじゃない！」

高笑いをし、雪が言った。

「これで、無事にハッピーエンドを迎えられたと思って？」

「どういう意味だよ？」

雪は高笑いをしながら、再び列車に乗り込む。俺はすぐあとを追った。

「何……してんだよ？」

「あなたたちの幸せそうな顔見てたら、虫唾が走っちゃった！　イライラするのよ！　あなたたちみたいな人間！　やっぱりアタシは、こういう生き方のほうが似合うわ」

そう言うと、雪は男の死体から快楽薬を奪い、帽子を自分の頭に被せ、そのまま運転席に回る。

「おい！　何やってんだよ！」

そう叫ぶ俺に、雪が言った。

「気が変わったわ！」

「え？」

「たった今から、アタシが車掌よ！」

高笑いが、木霊する。

「霊柩列車は不滅なの！」

歪んだ笑み。

「何言ってるんだよ！　馬鹿な真似はよせよ！」

雪の許まで駆け寄り、雪が手にしている快楽薬を奪おうとする。しかし、雪は離そうとはしない。

「お前、コレがなんだかわかってるのかよ？」

怒鳴るように言った。雪は俺の大声を聞くと、さらに笑みを浮かべた。

「わかってるわよ。快楽薬でしょ？　どんな痛みもエクスタシーに変える魔法の薬♪」

「よこせよ！　それ、こっちによこせよ！」

「なんで？　嫌よ。彼氏でもなんでもないアナタが、どうしてアタシに指図するの？」

「そういう問題じゃないだろう！」

「そういう問題よ。価値観の違いね」

「雪！」

雪の目を見つめる。雪は、一瞬俺から視線を外したが、すぐに俺の目をまっすぐに見据えた。

「今まで生きようと必死になってた奴が、どうしてこうなるんだよ?」

「言ったでしょう? 気が変わったって」

「そんなに簡単に変わるものじゃないだろう。さっきまでのお前、どこ行っちゃったんだよ」

「さぁ?」

曖昧な返答をすると、雪は快楽薬を手にし、再び高笑いをした。

「やめるんだ!」

いつの間にか山辺が雪の後ろに回り込んでいた。

「うるさいわね! 黙っててよ! アタシは今、俊介と話してるんだから!」

雪は山辺をギッと睨むと、すぐさま俺に視線を戻した。

「ねぇ、俊介。自殺志願者を集めるんじゃなくて、生きたいと思ってる人間をこの列車に乗せたらどうかしら? きっと、皆泣いて喚いて、大騒ぎね。普段すかした女や、クールぶってる男も、きっと、泣きながらアタシに命乞いするわ。アタシは神になるの。それこそ、素晴らしい……」

グサッという鈍い音が聞こえた。雪が発していた声が遮断された。雪は口をパクパク動かしたかと思うと、真っ赤な血を吐き出した。

「……雪？」

もう一度、グサッという低音が聞こえた。山辺の顔が、返り血で真っ赤に染まる。

雪は俺を見つめたまま、ガクンと膝を落とし、その場に倒れ込んだ。

「山……辺……さん？」

背筋をピンと伸ばし、歪んだ笑みを浮かべている山辺の手には、バタフライナイフが握られていた。

「ど、どうして……？」

マネキンのように横たわる雪の死体を足で踏みつけながら、山辺は笑顔で答えた。

「邪魔だったんでね」

「邪……魔……？」

「あぁ。快楽薬を奪われた時点でマズイと思ったんだが、もしかしたら君が説得に成功してくれるんじゃないかと期待してね。様子を窺ってたんだが、このお嬢さん、なかなかいい根性してるもんでね。こりゃ駄目だ！　と、思ったんだよ」

山辺の声が、右から左へと突き抜けていく。何が起こっているのか、山辺が何を言っているのか、さっぱり理解ができない。完全に、俺の思考回路は停止していた。

そんな俺になどお構いなしに、山辺は話を続ける。

「ここまで見られてしまったからには、最後まで説明してあげよう。君たちが主犯だと思っていたあのボンクラ男は、ただのダミーだ。アイツは落第した医大生でね。他人から讃えられることや、注目を浴びることに飢えていた。アイツを車掌にするのは簡単だったよ。呪文を一つ、唱えてやればいいだけさ。『俺たちは、この世で神から選ばれし者なんだ』ってね」

「じゃ、じゃあ、莉子ちゃんの手術は……？」

「あはははっ！　あんなの嘘に決まってるだろう！　俺は結婚さえもしてないよ！　君たちが二人目の説得に成功してしまえば、霊柩列車の存在がバレてしまうと思ってね。いっちょ芝居を打った訳さ。簡単に信じてくれて、助かったよ」

　腹を抱え、山辺が笑う。

「君たちは素直ないい子だ。だから、その分危ないんだよな」

　山辺はそう言うと、手にしているバタフライナイフを俺に向けた。

「すまないね。死んでもらうよ。俺はまだ、犯罪者として捕まるのは嫌だからね。いい子の君なら、わかってくれるだろう？」

　山辺が一歩、また一歩と俺に近づく。武器になるような物はないかと、辺りを見回していくすきに、山辺が飛びかかってきた。俺は山辺を跳ね返す体力など少しも残っていやしない。俺は仰向けのまま、馬乗りになられた。山辺が握っているバタフライナイフが、喉元に当たる。

「こっちの都合で死んでもらうんだから、快楽薬をあげようか？　せいぜい快楽を味わって……、あ～！　駄目だ！　快楽薬はあの女のポケットの中だ。取ってきてあげたいのはやまやまだけど、今君を放すと俺がやられてしまう可能性だってあるからね。一気にやってやるから、少しくらいの痛みは我慢してくれよ？」

そう言うと、山辺は喉元に当てたバタフライナイフに力を込めた。キリキリとした痛みが、喉から頭のてっぺんまで広がった。

――殺される！

戦慄が身体を走り抜ける。

「やめろぉおおお!!!」

「いや、やめれないね。君は運が悪かった。諦めてもらうよ」

山辺はニィと笑い、白い歯を見せた。キリキリとした鋭い痛みが、さらに広がっていく。

「やめてくれぇ！」

山辺に向かい、命乞いをする。山辺は楽しいものを観るように、ゲラゲラと笑う。

「さっきまでの勇敢ぶりはどうしたんだ？　私は君のように温かい血が流れている男じゃないものでね、どんなに命乞いをされても、結果は同じだよ」

「どうして？　どうしてこんなことをするんだ！」

「それは、君には関係のないことだ」

どうにかしようと身体を動かすが、馬乗りになられていては、どんなに抵抗しても足がバタバタと動くだけだ。

「抵抗するなよ。みじめなだけだぞ」

微笑みながら、山辺が言う。

「じゃぁ、そろそろいくぞ？　三・二・一……」

グサッ……。

「うっ……」

鈍い音と山辺の声が重なり、動きが止まった。目をむき震え出す。

「誰が……？」

山辺が握り締めていたバタフライナイフが俺の首に沿って滑り落ちた。

「うわぁあああああああああ！」

叫び声と共に衝撃がもう一度山辺の身体を貫き、ビクッと大きく震えた。山辺はゲフッと吐血し、俺に覆い被さるように倒れた。

「どう……し……て……」

俺の耳元で山辺がうめき、激しく痙攣して動かなくなった。

「悠太、お前……」

俺は背中に包丁が突き刺さったままの山辺を退かし、返り血を浴びて真っ赤に染まった悠太の顔を見つめた。小さな口はカタカタと震え、大きな瞳からは今にも涙が溢れそうだった。

「悠太」

起き上がり、悠太の両肩を掴んで揺する。ついに瞳から涙が零れた。

「お兄ちゃん……」

定まらなかった視線がはっきりと俺を捕えた。

「どうしよう……。ぼ、僕、僕……」

俺は悠太を抱きしめた。

「大丈夫だ。大丈夫。これは正当防衛なんだから。罪にはならない」

「……でも、僕、殺しちゃった……」

「心配するな。お前が俺を守ってくれたんだ。警察に捕まることなんかないから」

「本当？」

「あぁ、本当だ。ありがとう、悠太。俺はお前のおかげで生きてる」

悠太を抱く腕に力を入れた。

「……よかった。お兄ちゃんが生きててよかった。助かってよかった。こんな列車なくなってよかった。楽しみながらあの世へ旅立てる列車なんて……なくなってよかった」

そう言うと、悠太は俺の腕の中で号泣した。

俺は悠太を抱いて留乃の手を握り、ついに列車を降りた。

真っ暗な夜空には、これまで見たこともないほどの星が瞬いていた。

エピローグ

あれから、三週間が経過した。

列車を降りた俺たちは、線路伝いに廃駅まで戻り交番に向かった。

翌日から新聞、雑誌、テレビ、ありとあらゆるマスコミがこぞって霊柩列車を連日連夜取り上げた。当然、記者たちは関係者から話を聞きたいと俺の家まで押し寄せて来たが、親父とお袋の猛烈な抗議に気圧されてすごすごと帰っていった。おかげで俺は巷の好奇な目に晒されることなく、一週間ほどカウンセリングを受けてから大学に復帰することができた。


しかし、あの経験で俺は少し変われた気がしている。

今まで一度も抱いたことのない、両親への感謝。

生きる喜び。

生きる意味。

愛する喜び。

愛される意味。

愛があるからこそSEXが成り立つということにも、やっと気づくことができた。

これまで女をSEXの道具としか考えていなかった自分を恥じた。

煤《すす》にまみれ、真っ黒だった俺の心が、少しだけ洗われたような気がしていた。

「俊介」

ノックと共に、ドアが開いた。

「留乃ちゃん来たわよ」

「あぁ、ありがとう」

白い杖を器用に動かしながら、留乃が部屋に入る。

「コレ、うちのお母さんから。いただき物なんだけど、美味しいから俊介君に持っていってあげなさいって。プリン好き?」

「うん。大好物」

「そっか。よかった。一緒に食べよう」

笑みを浮かべ、留乃が言った。

「あ、おばさまもいかがですか? すごく美味しいプリンなんだそうです」

「本当! 私、プリン大好物なのよ! 仕事してると、甘い物が欲しくなってねぇ。

あ、でも、これから打ち合わせで出かけなきゃいけないの！　残念！」

「あ、じゃぁ、冷蔵庫におじさまとおばさまの分、入れておきますね」

「留乃ちゃん、ありがとう！　帰ってから、美味しくいただくわね！」

そう言うと、お袋は腕時計を見、「ひゃあ、もうこんな時間！」と叫ぶと、「留乃ちゃん、ゆっくりしていってね。馬鹿息子のこと、頼んだわよ！」と、笑いながら言い、部屋から出て行った。

「相変わらず忙しいみたいだね。俊介君のお父さんとお母さん」

「あぁ、仕事だけが取り柄だからね！」

「まぁ～た、俊介君はそういうことを言うんだから！」

「だって、俺なんて馬鹿息子って言われたんだぜぇ？」

留乃がくすくすと笑う。俺もつられ、笑い出す。

「格好いいよね。俊介君のお父さんとお母さん」

「あぁ、そうだな」

素直に、上手く言えた。そして、留乃を抱きしめた。

「お前が俺を変えてくれたんだ。ありがとう、留乃」

「……俊介君」

「感謝してる。マジでありがとう」

「うん。私こそ俊介君に感謝してる。こんな私を受け止めてくれて、ありがとう」

微笑みながら、留乃が言った。留乃の一つの言葉、一回の微笑みが俺の心を洗ってくれるような気がした。頬と頬を重ね合わせると、俺の中に留乃がいて、俺は留乃の中にいる、そんな不思議な感じがして心地よかった。

「俊介君、あのね」

「ん？」

耳元で囁く留乃の声がくすぐったい。腕の力をゆっくりと抜いて留乃の顔と正面から向き合えるように体勢を変えた。

「今日は俊介君に話があって来たの」

「話？」

「うん。話っていうか、お願いなんだけど……」

「何？」

留乃をゆっくりとベッドに導いて座らせた。

「うん。あのね、今回のことを経験して、私ね、ボランティアをしたいと思ったの」

「ボランティア？」

聞き返す俺に、留乃は頷いて見せた。

「今、ネットで自殺志願者が集まって集団自殺する事件が多いでしょ？　だからね、反対に、ネット上で自殺したいと思ってる人を集めて、生きようっていう説得みたいなのをしたいんだ」

明るい声で、留乃が言った。

「それには、俊介君の力も必要なの。私、パソコン使えないし……。駄目かな？」

真剣な表情を浮かべ、留乃が俺に問う。

「駄目じゃないよ。いいんじゃないかな。留乃らしい」

「本当？」

「あぁ。やろう」

「俊介君、ありがとう」

嬉しそうに、留乃が笑う。

「じゃあ、善は急げだ！」

留乃から離れ、パソコンの電源を入れる。ミューンと音を立て、パソコンが起動し出す。

「まずは、自殺志願者を集めてるサイトを見てみるか。どんな感じで人の心を動かしてるのか……」

「うん」

検索サイトを開き、『自殺志願者』と打ち込み、検索をかけた。二～三秒すると、二万件ほどのサイトが出てきた。それらしいサイトを探すためスクロールさせる。

――――…………。

あの言葉が目に飛び込んできた。

「おい……、留乃……」

「何？」

「霊柩列車は消滅したよな……？」

「……うん。そのはずでしょう？　俊介君？……どうしたの？」

「……嘘だろ」

「えっ？」

「マジ……かよ」

「ねぇ、どうしたの？　俊介君？」

「霊柩バスってのが……」

「霊柩バス？」

急いで、サイトを開く。

〈快楽死、したくはありませんか？

痛みがエクスタシーに変わる、そんな魔法薬が欲しくはありませんか？

楽しみながらあの世へ旅立てる……、それが霊柩バス。

詳しい話が聞きたい方は、会員登録を……。神・タムラユウ〉

――タムラユウ？　タムラユウは死んだはずだぞ？　俺がこの手で殺したはずだ……。なのに、なぜ？

山辺が主犯者じゃなかったのか？　終わったんじゃなかったのか？　神？　タムラユウ？

記憶の断片が蘇る。

――『楽しみながらあの世へ旅立てる列車なんて、なくなってよかった』

神、タムラユウ……？　カミタムラユウ？

机の引き出しから紙とペンを取り出し、文字にする。

カミタムラユウカミタムラユウカミタムラユウ……。

文字を、繋ぎ合わせる。

――まさか……。まさか、まさか……！

「留乃……」

「何？　どうしたの？　俊介君？」

「終わってない……」

「え？」

「まだ、終わってない……」

そうだよ、お兄ちゃん。まだ終わらない。

本書は『エスケープ!』(文芸社、2005年4月刊)を改題し、文庫化したものです。

この物語はフィクションであり、実在する事件・個人・組織等とは一切関係ありません。

文芸社文庫

霊柩列車　快楽殺人ゲーム

二〇一一年八月十五日　初版第一刷発行

著　者　窪依　凛
発行者　瓜谷綱延
発行所　株式会社　文芸社
〒一六〇－〇〇二二
東京都新宿区新宿一－一〇－一
電話　〇三－五三六九－三〇六〇（編集）
〇三－五三六九－二二九九（販売）

印刷所　図書印刷株式会社
装幀者　三村淳

ISBN978-4-286-10924-4